最後の思想

三島由紀夫と吉本隆明

富岡幸一郎
Koichiro Tomioka

アーツアンドクラフツ

目　次

最後の思想　三島由紀夫と吉本隆明

吉本隆明

三島由紀夫

装丁◉坂田政則
カバー写真◉㈱図書新聞
藤田三男編集事務所

最後の思想

三島由紀夫と吉本隆明

西洋近代の没落のなかで

本年（二〇一二年）、三月十六日に吉本隆明が八十七歳で逝去した。戦後の文芸・思想界を代表する存在であった。

三島由紀夫と同時代を生きた吉本は、一九七〇年十一月二十五日（吉本の誕生日は十一月二十五日）の三島の自決以後、四十二年の歳月を生きたわけである。晩年の仕事量はさすがに少なくなっていたが、一九八〇年代、九〇年代という冷戦崩壊をはさむ世界史の激変とポストモダニズムといわれる文化状況のなかで、吉本隆明は文学・思想・宗教にたいする幅広い視野によってその存在感を示し続けた。

二人はいわゆる「戦中派」世代である。昭和二十年八月十五日の敗戦を二十歳で迎え、戦前と戦後というこの国の歴史においてもかつてなかった断絶を生きた。一身にして二生を経るという言葉があるが、同世代の多くの者を戦争で失った彼らの世代ほど、これを身をもって生きた者たちはいないであろう。そして、そこに、ふたつの相異なる思想の道筋があったと思われる。

ひとつは吉本隆明のように戦前・戦中時に皇国少年であり、国家の戦争に殉じようとの想いを抱いていた者が、戦後自らが信じ込まされた国家や天皇制を根本的に疑い、問い直すことを生涯の課題とする道である。もうひとつは、早熟な文学的才能によって浪漫的な詩や小説の創作を成し、戦時体制には強い違和感を持ちながら、敗戦後の日本の社会や思想にたいして鋭い反逆を示し、「天皇陛下万歳」を叫び自刃した三島由紀夫の道である。それは、政治的に右翼と左翼といった単純な分け方では語れない。青春期の知性と感性の最も敏感な形成期に、戦争という未曾有の体験をし、さらに国家の崩壊と価値の転換という激しい変化を受けた彼らにとって、「思想」とは皇国史観やマルクス主義といった次元では決して捉えきれない深みをもっていたはずである。

一九八〇年代後半からの社会主義諸国における民主化運動と九一年のソビエト連邦の崩壊は、今日では冷戦の終結と一言でいわれているが、それは「自由」と「民主主義」という制度と資本主義経済のグローバル化によって、「思想」といわれてきたものが、その内実を失っていく大きな時代的変化であった。

「思想」とは何か。それは簡潔にいえば、資本の論理すなわち金銭的かつ物質的に豊かな社会が実現すればそれでよいという生活主義にたいする「否」であり、人間が生きて死ぬというその自然過程にたいして、それを超えようとする思考と言語の冒険である。その営みは、古代ギリシアの哲学以来、人類史を貫いて延々と為されてきた。十八世紀、十九世紀のヨーロッパでは、啓蒙主義や近代哲学によって、そのひとつのピークを迎えた。二十世紀は、一九一四年からの第一次世界大戦によってその二千年に及ぶ哲学的・神学的・科学的伝統の瓦解の危機に瀕したが、一九二〇年代から三〇年代にかけて、ドイツ語圏を中心に哲学・思想そして神学などの領域において、それまでの西洋近代主義を根本的に乗り越えようとする試みが果敢に行なわれた。神学におけるカール・バルト、哲学におけるハイデッガーそしてフッサールらの著作は、マルクス主義とファシズムの嵐のなかで「思想」の可能性をぎりぎりの地平から問い直したのである。それらはまさに危機の時代の産物であり、「最後の思想」とでもいうべき緊張と起爆力をもった創造的言語活動であった。

第二次大戦後の日本では、こうしたヨーロッパの危機思想が翻訳され紹介されはしたが、サルトルの実存主義など「自由」の思想のほうがむしろ受容され、日本人の歴史観や宗教観に深く根差した思索は、むしろ文学者の側から示されたのである。吉本隆明と三島由紀夫の名も、そこに重要な役割として記されなければならない。もちろんその他にも小林秀雄、福田恆存、江藤淳らの名前を挙げてもよいが、三島と吉本は戦中派としての宿命を、その思想の核に置いた点において、異彩を放っている。

一九七〇年の三島由紀夫の自決以後、日本は戦後の政治の対立の季節から、経済と文化主義の繁栄の時代を迎え、八〇年代のバブル経済とその崩壊、構造改革による市場原理主義とグローバリズムの波によって、さらにはIT革命による情報化社会の洪水のなか、哲学や思想はその役割を十分に示せなくなってきている。しかし、いま、世界経済はグローバリズムの臨界点を表わし、静かなる大恐慌を前にして、資本や自由主義や民主主義の限界を迎えている。

第一次大戦後に非暴力による社会革命を目指したドイツの社会学者にグスタフ・ランダウアーという人がいる。彼はその書『レボルツィオーン』(大窪一志訳　二〇〇四年　同時代社)で、近代とは中世社会に続いて新しい社会を実現したのではなく、むしろ新しい「安定した秩序と社会」を作れないでいる状態であり、人類史における「大きな逸脱の過渡期の時代」であると指摘した。冷戦崩壊後の世界史の状況は、まさに近代という「大きな逸脱の過渡期の時代」の終焉のなかにあるのではないだろうか。このようなときこそ新たな「思想」の営為が求められている。そしてその試みは西洋近代の影響を受けながら、日本の文芸・思想・宗教の再発見を成そうとした、近代の日本人の思想のなかに探ることができるのである。

一九七〇年（昭和四十五年）十一月二十五日の衝撃

三島由紀夫は一九七〇年十一月二十五日、彼の主宰する楯の会の会員五人と共に、市ヶ谷の陸上自衛隊東部方面総監室に入り、当時の益田兼利総監を人質にしてバルコニーから自衛隊員に向かって演説をした後、割腹自決を遂げた。三島の介錯をした森田必勝（当時二十五歳）も続いて自刃し、介錯を受けて切り落とされたふたつの首は血の海となった総監室の床の上に置かれた。三島が演説をしたバルコニーは、総監室の窓のすぐ外にある。そこから檄文を隊員たちに撒き、主張を書いた垂れ幕を垂らして、三島はおおよそ千人の隊員たちに向かって自衛隊が名誉ある国軍となり、アメリカの傭兵であるような現状から抜け出すために、憲法改正のために立ち上がれ、と絶叫した。楯の会の制服姿で隊員たちに訴える三島は、「七生報国」と書いた日の丸の鉢巻きを締めていた。七度生まれ変わって国のために報いるというその言葉は、特攻隊の若者が出撃のときに締めていた鉢巻きに記されていたものである。三島は、昭和二十年の二月に赤紙（召集令状）を受けているが、病弱であったために即日帰郷となり、戦場に出征することはなかった。しかし、同時代の若者たちの多くが戦死し還らぬ人となったことは、生き残った三島にとって負い目になっていたことは想像に難くない。三島のこの自衛隊での決起は、戦後二十五年、四半世紀目に当たっていた。この事件の直後の文壇や論壇の反応は、少数の例外を除いてほとんど批判的なものであった。当時の佐藤栄作首相は、「気が狂ったのではないか」との感想を漏らしたという。

この三島事件にたいして、当時吉本隆明はどのような反応を示したのだろうか。吉本は『試行』という雑誌を自ら刊行していたが、そのなかで「情況への発言」という時事問題などについての批評を書いていた。一九七一年二月刊行の『試行』三十二号では、この「情況への発言」欄の全文を三島の自決へのコメントに用いている。

吉本は、三島の劇的な割腹自決に、きわめて正直にその衝撃の深さを告白している。政治的な立場を明らかに異にするとはいえ、あるいはそれゆえに、吉本は三島の死を賭した行為にたいして深い洞察を示している。以下、そのいくつかの文章を抜粋してみる。

《三島由紀夫の劇的な割腹死・介錯による首はね。これは衝撃である。この自死の方法は、いくぶんか生きているものすべてを〈コケ〉にみせるだけの迫力をもっている。(中略)

この自死の方法の凄まじさと、悲惨なばかりの〈檄文〉や〈辞世〉の歌の下らなさ、政治的行為としての見当外れの愚劣さ、自死にいたる過程を、あらかじめテレビカメラに映写させる所にあらわれた、大向うむけの〈醒めた計量〉の仕方等々の奇妙なアマルガムが、衝撃に色彩をあたえている。そして問いはここ数年来三島由紀夫にいだいていたのとおなじようにわたしにのこる。〈どこまで本気なのかね〉というように。つまり、わたしにはいちばん判りにくいところでかれは死んでいる。この問いにたいして三島の自死の方法の凄まじさだけが答えになっている。そしてこの答えは一瞬〈おまえはなにをしてきたのか！〉と迫るだけの力をわたしに対してもっている。しかし青年たちが三島由紀夫の自死からうけた衝撃は、これとちがうような気がする。青年たちは、わたしが戦争中、アクロバット的な肉体の鍛錬に耐えて、やがて特攻機でつぎつぎと自爆していった少年航空兵たちに感じたとおなじ質の衝撃を感じたのではなかろうか？》

《三島由紀夫の割腹死でおわった政治的行為が、〈時代的〉でありうるかどうか、〈時代〉を旋回させるだけの効果を果しうるかどうかは、だれにも判らない。三島じしんが、じぶんを正確に評価しえていたとすれば、この影響は間接的な回路をとおって、かならず何年かあとに、相当の力であらわれるような気がする》

《〈三島由紀夫に先をこされた。左翼もまけずに生命知らずを育てなければならぬ〉という左翼ラジカリズム馬鹿がいる。〈三島由紀夫のあとにつづけ〉という右翼学生馬鹿がいる。そうかとおもうと〈生命を大切にすべきである〉という市民主義馬鹿がいる。三馬鹿大将とはこれをいうのだ。いずれも三島由紀夫の精神的退行があらかじめはじきだした計量済みの反響であり、おけらたちの演じている余波である。しかし、いずれにせよ、この種の反応はたいしたものではない。真の反応は三島の優れた文学的業績の全重量を、一瞬のうち身体ごとぶつけて自爆してみせた動力学的な緩和によって測られる。そして、これは何年かあとに必ず軽視することのできない重さであらわれるような気がする。三島の死は文学的な死でも精神病理学的な死でもなく、政治行為的な死だが、その〈死〉の意味はけっきょく文学的な業績の本格さによってしか、まともには測れないものとなるにちがいない。》

吉本は、三島の自決を明確に「政治的行為」として見ている。もちろんその文学と行動を別なものとして考えていたのではないが、自決という行動のもつ意味を「死」の問題として捉えている。その自決の衝撃を正面から受け止めながら、三島の「死」にたいする観念にはきわめて「空想」的な部分があるとも指摘する。四十五歳で自らの死を意志的に決定した三島由紀夫、そして八十七歳まで生き続けた吉本隆明。この二人の思想は人間の死をどう捉えるかという点において、対蹠的であると同時に深く交差するものがあると思われる。この点については改めて論じてみたい。

もうひとつ「情況への発言」で吉本が問題にするのは、自刃という行為によって見せつけられた人間の「観念」の退化というテーマである。

《三島由紀夫の死は、人間の観念の作用が、どこまでも退化しうることの恐ろしさを、あらためてまざまざと視せつけた。これはひとごとではない。この人間の観念的な可塑性はわたしを愕然とさせる。〈文武両道〉、〈男の涙〉、〈天皇陛下万歳〉等々。こういう言葉が、逆説でも比喩でもなく、まともに一級の知的作家の口からとびだしうることをみせつけられると、人間性の奇怪さ、文化的風土の不可解さに愕然とする。》

《閉じられた思想と心情とは、もし契機さえあれば、肉体の形まではいつでも退化しうる。これはどんな大思想でも、どんな純粋種の心情でも例外ではない。》

吉本にとって思想とは、人間のもつ観念性を最大限に拡張し、そのことによって世界と人間社会を原理的かつ論理的に解釈することであった。マルクスは、哲学者は世界を解釈してきただけであり、大切なのは世界を変えることだといったが、吉本隆明がやろうとしたのは「世界」を解釈することで変革せしめることであったといってよい。主著『共同幻想論』（一九六八年）は、国家や法の在り方を幻想論として解釈することで、その限界性を明らかにしようとした。また、『言語にとって美とはなにか』（一九六五年）は、言語表現のあり方を構造的に明確にし、文学作品を「表出」という概念によって分析した、きわめて抽象度の高い原理論であった。

吉本は、体系的著作によって天皇制をはじめとする日本の「文化的風土の不可解さ」に挑戦したのであり、その原動力となったのは、観念というものの力と広がりであったのは明らかである。

吉本隆明は、今西錦司との対談本『ダーヴィンを超えて』を一九七八年に刊行している。今西の人類の二足歩行と大脳の発達の有名な説として「立つべくして立つ」という見解にたいして、それを論理的に説明する言葉が必要ではないかと、人間と世界の全体を究明することができるという信念を語っている。エンゲルスなどの理論から家族や国家の起源について語る吉本にたいして、今西は「観念的すぎてよく分からない」という発言をしているが、吉本にとっては、世界を論理的に解明する近代哲学をこの国において確立したいとの、強い思いがあったのは疑い得ない。

三島由紀夫の自刃は、吉本にとって自らの思想と観念力が根底から問われた事件であったと思われる。その後の吉本の思想的な軌跡と、老いという生理的自然的な過程のなかで、彼の世界観と人生観がどのように変化していったかという点も、また見逃すことはできない。

二十五時間目の部屋

三島没後の翌年に吉本隆明は、『言語にとって美とはなにか』『共同幻想論』に次ぐ体系的著作として、『心的現象論』（総論部分）を刊行する。吉本自身はこれを自分の主著のひとつとして挙げている。同時期に埴谷雄高の『死霊』についての論（河出書房新社刊『埴谷雄高作品集1』の解説、「『死霊』考」）と、「感性の自殺」と題する井上良雄論（国文社刊『井上良雄評論集』解説）を発表している。

このふたつの論稿は、吉本隆明の「思想」を考えるとき看過できないものがある。

まず『死霊』論から見ていこう。

『死霊』はいうまでもなく戦後日本文学史において特異な位置をしめるだけでなく、近代文学の枠組を突き破った形而上学小説である。『死霊』はドストエフスキーの日本における受容のひとつの創造的形成とでもいうべき作品であり、戦後派作家の出発点となった雑誌『近代文学』に昭和二十一年から連載が開始され、その謎めいた難解さが人々を瞠目させるが、昭和二十四年の同誌十一月号で四章が中断する（作家の病気のため）。しかし、昭和五十年の『群像』七月号に実に二十六年の歳月を経て続編の五章が発表されたのである。その衝撃は当時高校生であった私もありありと覚えている。

小説は「思考の容器」である、つまり単なる物語や情緒的・人生的な感動を与えるものではなく、人間の思想を自在に展開する言葉の場であるとの文学的信念を持つ埴谷雄高は、現実に存在している物や人の世界を描くのではなく、非在のもの、語りえぬものを語るという言語の冒険を『死霊』という作品で試みたのであった。小説とは現実を素晴らしく写すものではなく、人間の観念の世界を言語化してみせる不思議な力を持っていることを私は知らされた。日本の近代文学でこれを徹底した作家は決して多くない。いや、埴谷雄高の『死霊』こそ、その例外的な実現である。

さて、吉本の「『死霊』考」はもちろん五章が発表される以前に書かれているが、作家と作品の本質をいい当てている。それは『死霊』が「観念の世界」を実在するものとみなし、そこに作品の言葉の全ての重量を置いているという点である。日常的な生活や現実ではなく、人間が頭のなかで考えたもの、あるいは考える可能性を無限に拡張していくこと、その表現不可能なものを何とかしてコトバで表現してみせる。

『死霊』では作中人物の一人が〈虚体〉という奇妙な言葉（概念）を語るが、それは「存在しないもの」であり、その青年・三輪與志は、カントの純粋理性（一切の経験的世界を超えた「先験的な理念）の化身として登場する。吉本はこうした『死霊』の青年（たち）の「嘗てなかったもの、また、決してあり得ぬもの」を希求する姿勢を、「青年の無限の情熱を象徴する思考のひとつの形」すなわちアドレッセンス一般を象徴しているともいうが、同時にそこに、戦前・戦中の国家・体制の圧制（埴谷自身もマルクス主義・アナーキズム思想に関わり逮捕され、未決囚として独房生活を強いられている〉にたいする〈革命〉への理念の在りさまをみている。ソビエト革命にあきらかなように、現実の社会革命がスターリニズムという暴力と専制をもたらした経緯を、埴谷は戦前の自身の共産党体験から、戦後冷戦期においていち早く洞察し批判したが、それは『死霊』の原点となっている。すなわち、いかなる社会革命も、権力の奪取と掌握のプロセスで腐敗と墜落を生み、理想主義のユートピアが、血と強制収容所の悲劇をもたらすとすれば、マルクスのいうように「存在が意識を決定する」ではなく、「意識が存在を決定する」を必然的に選択する他はない。つまり、「現実」ではなく「観念」に支点を持つ。「現実」を決定的に変えるのはむしろ人間の持つ「観念」の究極の力である。

『死霊』は埴谷雄高の左翼体験そして独房でのカント哲学との遭遇、戦争と革命の時代の落し児としての自身の来歴に根ざしながら、比類なき小説世界を――「意識があたかも肉体であるかのような生々しい存在感を湛えた」登場人物を造形したのである。

吉本隆明のこのような『死霊』観は、埴谷文学の本質を射抜いているだけでなく、そこに吉本自身の思想家としての特色を浮かびあがらせている。

『死霊』五章が四半世紀をこえて発表された直後、吉本と埴谷は対談「意識　革命　宇宙」（『文藝』一九七五年九月号）を行なっているが、吉本は次のような大変興味深い発言をしている。

《……文学にとって革命ということは、主要な関心事、主要なモチーフにならないので、どう考えたって、二十五時間を作れたらそれは革命の問題である。二十五時間を作れなかったら、その人間が、もうだめなんだ、それはだめになっちゃう。つまり、少くとも革命という部屋はもう存在しなくなる。（中略）『死霊』で深められている世界は、一つの暗箱の中の問題なんで、ほんとうの問題は、暗箱の問題ではなくて、二十四時間の上にといったらいいのか、外にといったらいいんでしょうか、そこに何か二十五時間目の部屋を作れるかどうかという問題になるんじゃないか。（中略）埴谷さんの作品の世界とは、いつでも二十五時間目に作られた世界、その世界がどういうふうな構成と、どういうふうな奥行きと、どういうふうな世界のあらため方の構想といいましょうかね、そういうものをどういうふうに描けるかという世界だから、どうしても、それは二十四時間の中に根拠を持たなくてもいい。（中略）二十四時間の範囲内にある現実の世界がそれがなければあらたまらないんだというふうに関係づける問題ではなくて、二十五時間目の暗箱として終始すべきである。そこだけで生き、そして死ぬべきものであって、けっしてそれは、二十四時間目までの世界と、ストレートな関係づけみたいなものをすべき次元の問題ではないんだ、そこのところは、レーニンは、とてつもなく違ったんじゃないかな、と僕は考えています》

吉本はくりかえし「二十五時間目の部屋」という比喩を用いて、少々まどろっこしいくらいの説明を加えているが、ここでいいたいことは『死霊』の作品論というよりは、むしろ思想というものの本源的な在り方の問題である。『死霊』では「存在の革命」というキーワードが使われているが、それは社会革命（レーニン）としての「二十四時間」内の「現実」の政治変革とは次元を異にする。社会の下部構造が、人間の精神や意識を決定するというマルクスの世界認識を反転させ、「意識が存在を決定する」との視点に立つとき、そこから改めて存在と世界と宇宙を捉える「思想」の力が呼び戻される。それはマルクスが『ドイツ・イデオロギー』で批判した形而上学（世界をただ解釈しているだけの哲学）に回帰するのではなく、マルクス主義の社会革命の矛盾や陥穽をも乗り越えていく「思想」の視座を獲得することである。

吉本の『共同幻想論』は、「宗教」や「法」や「国家」を人間の観念がつくり出した共同幻想として捉え、その構造を民俗学や心理学の知識によって解析しあきらかにする試みであった。これが画期的であったのは、マルクス主義が「上部構造」と呼んでいた領域を「下部構造」すなわち物質的（経済・労働活動）な変革（社会革命）によって処理するのではなく、人間という存在が本質的に観念を生み出す点に立脚し、そこから今一度、「宗教」・「法」そして「国家」なるものの幻想性を暴き出すという思想的手続きをなしていることだ。いうまでもなく、それはロシア的マルクス主義（スターリン主義）が陥った政治権力の誤謬を乗り越えながら、人間の個人としての真の自由と自立性を回復する道筋である。

《……人間は、他の動物のように、個人として恣意的に生きたいにもかかわらず、〈制度〉、〈権力〉、〈法〉など、つまり共同観念を不可避的に生みだしたため、人間の本質的な〈不幸〉は、個人と共同性とのあいだの〈対立〉、〈矛盾〉、〈逆立〉としても表出させざるを得ないという点です》(「思想の基準をめぐって」対談集『どこに思想の根拠をおくか』所収　一九七二年)

後で取りあげるが、日本ではこの「共同幻想」の歴史的形成の中核に天皇制があり、吉本は最終的には「天皇と天皇制」の幻想をいかに解体するかという政治性を孕む思想問題を追求していくのである(ここにおいて三島由紀夫との決定的な相違が浮かびあがる)。

いずれにしても吉本隆明の思想的基軸は、人間が不可避的に所有し、歴史的に蓄積している「観念」を問題にしているのであり、それを解明するにはまさに生活的な「二十四時間」の外側に、「二十五時間目の部屋」を作らなければならないということであった。

埴谷・吉本論争——一九八五年という年

一九八五年は戦後日本史において大きな転換点となった年であった。八〇年代前半、日本はアメリカとの貿易で多大の経済的利益を得て、日本企業はロックフェラー・センターやコロンビア映画などの米国企業を次々に買収し、米国の対日貿易赤字は膨大なものとなっていた。八五年のニューヨークのプラザホテルでの協議は、米国による対日経済戦争の烽《のろし》であり、人為的な急激な円高ドル安策によって日本は以後、内需拡大によるバブル経済、そして九〇年代初頭のバブル崩壊と平成の世の長い不況時代へと転落する。

八〇年代は戦後日本の幻の黄金時代とその凋落の現実であったが、思想・哲学の領域ではポストモダニズムが価値の多様化のなかで吹聴された。また文学では一九七九年の村上春樹のデビューがあり、八七年の『ノルウェイの森』はミリオンセラーとなった。明治以来の近代小説の流れの継承と西洋文学の受容によって、敗戦後に新たな課題を荷って登場した「戦後文学」と呼ばれる作家たち——野間宏、武田泰淳、埴谷雄高、椎名麟三、福永武彦、堀田善衛、中村真一郎、また三島由紀夫、島尾敏雄、安部公房等々の作家たちのライフワークは一九七〇年代半ばまでにはほぼ発表し終えられ、八〇年代は小説の文体《スタイル》においても、ポストモダンの〝空気〟を反映していったのである。

七九年に『群像』新人賞を受けた村上春樹の『風の歌を聴け』は、ポップな感覚と価値相対主義の意匠に彩られている。作中の時間は、一九七〇年の八月に設定されている（村上春樹がこの年十一月の三島由紀夫の自決をどれほど意識していたかはわからないが、七〇年という時代にある意味を付していることはわかる)。

いずれにしても、一九八〇年代は近代的な世界像の解体としての、ポストモダン状況を急速にもたらしたのである。普遍的な価値や絶対的なるものの基準が崩れ去り、価値多元主義はカルチャーとサブカルチャーといった文化的ヒエラルキーを完全に瓦解させた。

吉本隆明にとってもこの時代の潮流は無視しえないものであった。というより、吉本は積極的にこのポストモダン状況における思想と文学の流動性にコミットしていく。文芸時評集としての『空虚としての主題』(一九八二年)、小島信夫や中上健次という作家から糸井重里、中島みゆきなどのコピーや作詞のコトバ、テレビCM、漫画、歌謡曲などマスメディアを通して表現された様々な言葉とイメージを論じた『マス・イメージ論』(一九八四年)が、この時期の重要な仕事である。それはたんに流行現象やサブカルチャーを論じたということだけではなく、こうした「現在」に向き合う吉本の批評の仕事が、彼自身がいっていたあの「二十五時間目の部屋」の変質ないしは消滅を、期せずして現わしたのではなかったか。

一九八五年の前半、吉本隆明は埴谷雄高と雑誌『海燕』で論争を交わす。論争そのものは文学者の「反核」運動の問題などが絡んでいたが、両者の言葉は嚙み合うことなく、中味のあるものへと発展しなかった。問題はむしろ今述べたポストモダニズム状況での「思想」と「観念」の行方であったと思われる。
これに関して、私は当時『新潮』（一九八五年七月号）に「二十五時間目の部屋」と題するエッセイを書いたので、これを以下再録しておきたい。

《吉本隆明の、文学者の反核署名運動の発起人となった埴谷雄高にたいする批判をきっかけに、『海燕』誌上で展開された吉本・埴谷両氏の論争については、私は文芸時評（『週刊読書人』）で、失望したという感想を記した。反核運動をソフト・スターリニズムとしてとらえ批判する吉本氏の主張にも、また埴谷氏の吉本氏への〝苦言〟にも、積極的な意味を見出せなかったためである。クロンシュタットの反乱や、レーニンの問題についての両氏の情熱的な議論も迂遠なものに感じられた。

しかしながら、今回の論争を読んで、私は否応なしにある感慨をいだかされた。論争の内容から外れるかも知れないが、そのことについて書いてみたいと思う。

今回の両氏のやりとりに接したとき、まず想起したのは、ちょうど十年前に同じ両者がおこなった対談「意識　革命　宇宙」（『文藝』一九七五年九月号）である。二十六年ぶりに発表された『死霊』の五章「夢魔の世界」をめぐっての対談だが、私にもっとも印象的だったのは、吉本隆明の「二十五時間目の部屋」という発言だった。吉本氏は、普通の生活すなわち一日二十四時間の外に、革命にせよ文学にせよそれ自体の二十五時間目の部屋をつくりうるか否か、そこに根本的な課題がある。もしつくることができないなら革命の問題などは存在しなくなると語っている。吉本氏はさらにこう言っていた。

《二十五時間を作ってその箱の中にいるという自覚というか、あきらめと言うか知りませんけれども、そういうものを起動力として、二十四時間の中に存在する世界というのを、絶えず観念でつかまえられていればいいのであって、別に現実的な接点みたいなのは要らないんじゃないか、という考え方が僕にはあります》

そして、吉本氏は埴谷雄高の『死霊』の世界は「いつでも二十五時間目に作られた世界」であると指摘した。もちろん、こういう言い方は、換言すれば思想（二十五時間目）と実生活（二十四時間）という問題のかたちをなぞったものであるが、『死霊』という作品の核心を突いた言として、また吉本隆明という思想家の徹底した「考え方」として説得力を持っていた。

ところで、私に興味深いのは、七五年のこの対談から、今回の論争を見るとき、吉本隆明のなかの「二十五時間目の部屋」が、この十年のあいだに微妙な変質を蒙らざるをえなかったのではないか、ということである。吉本氏は、埴谷氏の「吉本隆明への最後の手紙」（『海燕』四月号）での〝苦言〟への反論を「重層的な非決定へ」（同五月号）とあえて題した。それがほかならぬ「私のいまの仕事」の姿勢であり「考え方」なのだと語る。つまり、雑誌『アンアン』に書くファッションについての文章も、「コム・デ・ギャルソン」の衣服を着て写真のモデルになるのも、「心的現象論」の仕事も、自分にとっては「同等の重心が存在」し、かつ「どこにも重心が存在しないもの」としてあり、それは「『現在』の多層的に重なった文化と観念の様態」に対応するための「私の理念的な態度」なのだと説く。また、『試行』（六十三号）では、「現在」というものとの対決と葛藤が、不可避的に「思想」に変化を強いるなら、その変化のなかにこそ「思想の一貫性がある」と断言する。

ここ数年来、吉本隆明はかつて『共同幻想論』を書いたときと同じく、「二十五時間目の部屋」に拠って、氏の言うところの「現在」をつかまえようとしてきた。それは『マス・イメージ論』の仕事が代表している。ところが、「現在」をつかまえようとする思考作業の過程で、「現在」とは逆に吉本氏の「二十五時間目の部屋」を侵蝕し、それがおのずから「重層的な非決定」という態度をとらせたのではなかったか。「現在」というものの多層性に対応しようとするとき、吉本氏は二十四時間との「現実的な接点」をどこかに求めざるをえず、そのことは吉本氏の「二十五時間目の部屋」の自壊を意味しているのではないか。私は「重層的な非決定」という態度に、この〝自壊〟をあくまでも引き受けながら進もうとする吉本氏の痛切な意思を感ずるとともに、おそらくこの十年という時間（状況）が吉本氏に強いた思想家の内的解体の惨状を見る。むろん、これは吉本隆明という一思想家の個的な問題にはとどまりえないだろう。

吉本氏の今回の論争の相手である埴谷雄高の『死霊』をもう一度検討してみるときそれを感じる。ここでは作品にそって具体的に詳述できないので、ひとつのことだけを述べよう。私は十七歳の頃に河出書房新社の埴谷氏の作品集に収められている『死霊』の三章までを通読し衝撃を受け、その数ヵ月後に、四章で中断して以来二十六年ぶりに世に出た五章「夢魔の世界」（『群像』一九七五年七月号）を読んだ。五章を二十六年も待った読者から見るとき私などは幸福な読者というべきだろう。一章から五章までほとんど間断なく読みえたわけだ。だが、そのことと関わりなく、『死霊』五章は昭和二十年代前半で止っていた三章までの作品世界と文字通り地続きの世界であった。それは取りも直さず『死霊』が、埴谷氏の「二十五時間目の部屋」において思考され書き継がれ、二十六年という時間すらも本質的には関与しなかったことを証している。

五章が発表された後、六章「愁いの王」が八一年、そして七章「最後の審判」が八四年に発表されたのは周知の通りである。つまり、六・七章はこの十年の間に埴谷氏によって書きあげられた。ところが、私は六章とりわけ七章を読んだとき不可解な印象を持った。七章は黙狂者矢場徹吾の自己告白で、壮大な存在論、宇宙論が繰り広げられる『死霊』の山場であるが、私はそこに五章までの『死霊』の作品世界に感じていた、埴谷氏の「二十五時間目の部屋」の生々しいばかりのリアリティを充分に感得できなかったからである。七章は作者自ら解説するごとく、五章などよりも一層「一種現実的な『小説的物語』」を排除した観念の饒舌の世界だが、むしろそれだからこそ、そこには埴谷氏の「二十五時間目の部屋」の現実性が際立っていなければならぬはずである。だが、再言するが七章はそれを感じさせなかった。『死霊』五章までの読後感とくらべるとき、埴谷氏の「二十五時間目の部屋」もまた、やはり何がしかの変質を蒙らねばならなかったのかとの思いをいだく。

　今回の両氏の論争そのものは不毛である。しかし、この論争の背後に一つの思想の変容と解体の劇が潜んでいるのを感じないではいられない。私はいまその劇を注視する。》

　私が一九八五年のこの埴谷・吉本論争から直観的に当時感じていたのは、ここに記したように「一つの思想の変容と解体の劇」であった。

「一つの思想」とは何か。それはくりかえすまでもないだろう。今西錦司にたいして、吉本が「なぜ人間が二本足で立つようになったか、それは立つべくして立った」ことを「論理の言葉」で説明できるはずだと迫り、それでは人間が「宇宙をつくるときがくるか」との今西の再度の問いに、「つくることはできない」が「ただ、その事態（宇宙の秘密）をよりよくつかむことができる日は、いつかはくると思っているわけです」と答えた吉本の知と観念への執念が生んだ、思想というものへの絶対的信頼性である。

吉本の「井上良雄論」に潜むもの

「『死霊』考」と同じ年に吉本隆明は「感性の自殺――井上良雄について――」という論稿を書いている。これは『井上良雄評論集』（国文社）の解説として書かれたものであり、『詩的乾坤』（一九七一年　国文社）に収められているが、吉本隆明の主要著作・論文にくらべれば地味な小さな部類に入り、ほとんど注目されてはいない。

しかし、『マチウ書試論』や『最後の親鸞』などの宗教に関わる主著を残した吉本にとって、この解説文は彼の「宗教」観を如実に示していると思われる。

まず井上良雄（一九〇七年～二〇〇三年）とは何者かを説明しておく必要があろう。井上は昭和七年に同人誌「磁場」に「芥川龍之介と志賀直哉」などの論文を発表し、当時のプロレタリア文学（マルクス主義）運動と近代日本文学の潮流（志賀や芥川など）を鋭く問い返した新世代の批評家として注目された。しかしその後井上は文芸批評の筆をおり、キリスト教に入信し、プロテスタント教会の「神学大全」といわれるカール・バルトの『教会教義学』の翻訳を生涯の主な仕事とした。戦後の日本のキリスト教会においては、その神学者としての業績は高く評価されている。

井上良雄の名前は文学界からは久しく忘れ去られていたが、平野謙が戦後『さまざまな青春』で井上の存在を〝発掘〟してみせ、その論考を紹介しながら、「志賀直哉と近代プロレタリアートを結びつけた論文をピークとするひとりの青年インテリゲンツィアの清潔な肖像」を描いている。そしてこの平野論文に触発されて、昭和四十六年に梶井剛編の『井上良雄評論集』が上梓された。当時、井上自身はかつての自分の文芸評論集刊行について、何の関与もしなかったという。

井上論をここで展開する余裕はないが、彼がマルクス主義の影響を深く受けた世代であり、一方芥川の自殺（昭和二年の当時、井上は京大の学生であった）に深い実存的危機を覚えたことは指摘しておきたい。

井上が出会ったバルト神学は、一言でいえば西洋キリスト教の近代主義（十八世紀の啓蒙主義思想以来続いてきたヒューマニズム）を、聖書の言葉と使徒パウロの思想に回帰することで徹底的に破砕させることであった。神学的にいえば、それは聖書の終末論（キリスト再臨信仰）を二十世紀の地平によみがえらせることであり、ニーチェが十九世紀末に宣言した「神の死」の現実がもたらすニヒリズムの超克である。一九一九年に刊行されたバルトの『ロマ書』は、第一次世界大戦によって瓦解した西洋の近代ヒューマニズムの理念をはるかに超えて、使徒パウロの書簡（「ローマの使徒への手紙」）に体現された原始キリスト教の原点を指し示そうとしたものであった。ハイデッガーの『存在と時間』(一九二七年)にも影響を与えたバルトの『ロマ書』は、近代キリスト教の人間中心主義に結びついた「宗教性」を暴き出し、イエス・キリストの絶対的な超越性・他者性を改めてあきらかにしてみせたのである。それはいわゆる「一神教」の根源性を、現代において明確にすることでもあった。

井上良雄がぶつかったのは、このような神学であり、それが彼に決定的転向、すなわちコンヴァージョン(回心)をもたらしたのである。井上がバルト神学を知る前に、マルクス主義に深い影響を受けていたことは重要である。柄谷行人は、昭和初年のマルクス主義の影響力について次のようにいっている。

《明治のキリスト教も与えなかったような、実存的問題を本格的にもたらした。マルクス主義こそ、宗教的問題をもたらしたといってよい。それは、この時期のマルクス主義が、日本の自《じ》然《ねん》的風土に対して徹底した他者性をもちこんだのである》(「近代日本の批評」『季刊思潮』五号)

井上は、この「マルクス主義」への批判的作業を文芸批評として行なうことによって、マルクス主義を生んだユダヤ=キリスト教そのものの「他者性」と出会ったといっていい。したがって、文芸批評家・井上良雄と神学者・井上良雄は、文学とキリスト教神学というジャンルの相違とその仕事の違いはあるにせよ、ある一貫性と連続性（切断と転向をはさみながら）を持っていたのはあきらかだ。

吉本がこのような井上良雄を解説文であるとはいえ、正面きって取り上げ論じたことはやはり注目に値する。しかもタイトルに「感性の自殺」と冠していることには。吉本のいう「感性」とは直接には文学（者）の〈精神〉と〈生理的な年齢〉の連関のもたらす、表現への内在的欲求の力と鋭敏さのことである。

《もともと〈感性〉は、詳しくいえば感性の表現は、固有の劇《ドラマ》をうしなったときに、生理的な年齢に服従するにちがいない。そして〈感性〉は、青年期にいわば花のひらくように当然のすがたをとるのだが、この劇《ドラマ》が老年にむかって幕を下ろさないためには、さまざまの醒めきった知識が必要なはずである。このことに気づかなければ、すでに〈感性〉の劇《ドラマ》は幕を下ろしているのに、主観的には生きた〈感性〉を表現しているつもりになるということが、しばしばおこりうる。これこそが文学者にとって最大の悲劇でなければならない。／わが井上良雄は、このような真の意味での悲劇を免れた数すくない昭和期の文学者のひとりといってよい。かれの悲劇からの免れ方は、ただ一言で〈感性の自殺〉によって、といいつくすことができよう。この感性的な〈自殺〉は、あたかも芥川龍之介の自殺の数年あとに、ちょうどプロレタリア文学運

動が、昭和初期の文学の世界をせきけんしつつも、同時に崩壊の兆候をあらわしつつあるときにあたっていた》

この「感性の自殺」というタームは、井上良雄の評論「宿命と文学に就いて」の読解から生れてきたものであり、「理智の過剰」のなかで近代人（文明人）としての懐疑と覚醒に苦しめられるか（芥川の自殺を井上はその究極の自己破滅と見る）、それともマルクス主義の歴史的必然（唯物弁証法史観）に盲目的に身をゆだねるのか、その二者択一の袋小路を乗り越える方途として、井上自身が次のように記している個所から抽出してきたものだ。

《……芥川龍之介——その一生を己の内にある文明人と浪漫人との不断の戦に苦しめられてきたこの文人は、最後にこの方法（引用者注・肉体的に自殺すること）を取つた。併し詩人が肉体的に自殺して了つたら、それは最早詩人ではない。問題は文学論の外に脱出してしまふのだ。それに第一この方法は既にわれわれに多少の旧世紀的なセンチメンタリズムの臭気を感じさせないだろうか。／私は冗談を云ふのではない。併し私は今一つの自殺の方法を知つている。それは精神的に自殺することだ。われわれの肉体のあらゆる器官を滅して、眼丈を残す方法だ。われわれの精神の主観的、実践的能力を滅して、客観的、観想的能力のみを残す方法である。

われわれの文学はこの自殺によつて生誕するであらう》（「宿命と文学に就て」）

プロレタリア文学運動もまた広い意味での〈自殺〉へと雪崩れを打っていると見た井上にとって、吉本のいう「感性の自殺」は、過剰な近代的理智の主観性の呪縛から逃れうる唯一の手段であったといってもよい。

しかし、文芸批評家として記したこの「文学」の「自殺」方法は、近代的理智のデッド・ロックでの〝空想〟でしかなかった。その証拠に井上は、「われわれの文学」の「生誕」どころか、自らの文学者としての活動を止めることになった。が、彼がやがて出会ったのは、文学的ロマンティシズムの残滓たる「精神的自殺」とは似て非なる、決定的転向としての絶対的な他者（イエス・キリスト）との対峙であった。カール・バルトの「危機の神学」が、「感性の自殺」などという次元を、その圧倒的な衡迫力をもって粉砕したであろうことは想像に難くない。

しかし、吉本はその井上のコンヴァージョンについては追いかけることはしない。むしろ、「感性の自殺」によって、井上はキリスト者となったという説明にとどめている。

《……〈感性の自殺〉をとげた井上良雄は、戦後にキリスト教神学の一研究者としてのみ振舞いつづけてきた。第一義は〈神〉にゆだね、第二義以下のことだけが人間の観念的な所有に属

するというのが、戦後の井上良雄のすがただと要約してよい》

そして論稿の最後を次のように締めくくっている。

《それ以後、「バルトにおける教会と国家の問題」という戦後の論文にいたるまで、井上良雄に貫かれているのは、認識が道をつけるかぎりはその道がどんなものであれ赦される、なぜならばあらゆる人間の認識も理念も、キリスト教的終末と降臨の絶対性にいたるまでの相対的な振幅にほかならないからという確認であるといってよい。いいかえれば井上良雄は、その俊敏な認識力と情熱とを、ただ相対的な課題にのみ行使し、けっして絶対的に人間の命運を左右するような課題に傾けてはならぬという戒律をじぶんに課しているようにみえる。井上良雄のキリスト教への転身が〈仲町貞子〉の私的な影響によるものかどうか、わたしはつまびらかにしない。わたしにたしかに視えるようにおもわれるのは、人間は（じぶんは）、人間の命運を左右するようなことに、口をはさむのを禁忌されている、それが赦されるのは絶対者のみであるという井上良雄の戒律だけであろう。そしてこのばあいの〈絶対者〉が、キリスト教的神であらねばならない必然は、残念ながら、わたしにはそれほどあきらかに視えてこない》

吉本は「戒律」という言葉を用い、「信仰」といういい方を避けているが、「人間は（じぶんは）、人間の命運を左右するようなことに、口をはさむのを禁忌されている、それが赦されるのは絶対者のみである」とはっきりと記している（「仲町貞子との私的な影響」云々については、井上良雄がその晩年に著わした『戦後教会史と共に』〈一九九五年　新教出版社〉に収めた自伝的文章を参照していただきたいが、その「キリスト教への転身」の契機はバルトの著作との邂逅であったのはくりかえしておきたい）。

別稿（本書所収「思想の果てにあらわれるもの」）で書いたのでここでは詳述しないが、吉本にとって「宗教的なもの」はつねに強い、熱烈といってもいい関心を反撥の磁場として立ち現われてくる。井上良雄論は、井上の軌跡を辿りつつ最後に必然的にこの課題の前に、吉本隆明自身が立たされている。「人間の命運を左右するようなこと」は、「絶対者」の領域に入る。人間は自らの思考と認識によって、この〝領域〟に分け入ることは不可能である。それはただひとつ、「信仰」という不可能な可能性によってのみである。

『最後の親鸞』には、「あらゆる宗教的なものを拒否する」との言葉があるが、「宗教的なもの」とは何か。井上良雄がカール・バルトを通して受け取ったのは、理性や知性によって絶対的他者である「神」を人間の宗教感情の産物へと転化してしまう、あらゆるかたちの「宗教的なるもの」への根底的批判であった。井上は、バルトの「宗教批判」の根源的意味とぶつかったとき、近代主義の〝様々なる意匠〟（マルクス主義もそのひとつ）を超える地平に、イエス・キリストを発見した。

吉本隆明は『最後の親鸞』で、またこうもいっている。「人間はただ、〈不可避〉にうながされて生きるものだ、と（親鸞は）云っていることになる」。この言葉から受け取れるのは、井上論の最後でいっている「人間の命運を左右するようなことに、口をはさむのを禁忌されている」という認識と重なる。もちろん、吉本はここでも「不可避」という言葉を用い、「絶対者」という言葉を持ってこない。

《……〈絶対者〉が、キリスト教的神であらねばならない必然は、残念ながら、わたしにはそれほどあきらかに視えてこない》

ここで吉本は井上良雄への最終的な理解を峻拒する。吉本の「宗教的なるもの」への批判は、当然のことながら皇国少年であった彼にとっての「天皇制」の問題と重なってくる。

天皇制への挑戦

吉本隆明にとって天皇制といかに対決するかは、政治思想課題であるとともに、彼の〝戦中派〟としての実存的な問題であった。「天皇」の名のもとに散華したおおくの同世代の若者たちの鎮魂という意味では、『英霊の声』で昭和天皇の「人間宣言」を痛烈に批判した三島由紀夫と同じ地平に立っていたともいえるのである。

国家の本質を〈共同幻想〉の構成するものとして捉えた吉本は、しかし天皇制の課題は近代の国家論のレベルをこえた、日本人の〈共同幻想〉としての歴史的対象としてみる。

天皇制の政治権力としての問題は、大日本帝国の敗戦によって基本的には終わっているが、戦後憲法に記された「象徴」としての天皇の問題は、近代日本（明治以降）に限定せずに考えれば、宗教的な権威や威力と結びついているという。それは逆にいえば、三島由紀夫が（戦後憲法を否定しながらも）「文化概念としての天皇制」という、天皇の祭祀的・文化的・歴史的な存在意義を強調したことと重なってくるのである。

三島の自決後に刊行された対談集『どこに思想の根拠をおくか』の巻頭のインタビューで、吉本は次のように語っている。

《三島由紀夫の快挙は、現在の政治的な情勢論でいけば、時代錯誤にしかすぎません。しかし、歴史的根柢からみてゆけば、なかなか容易ならない問題であることがわかります。だから左翼にも、裁判もせずに天皇やその一族の〈首〉がころりというのは民主的ではないとか、人民裁判にかけて〈首〉をつれとかいう馬鹿気たことを、大真面目にいう長老や青年がいるのです。ようするに〈天皇制〉の本質がわかっていないから、〈天皇制〉の処遇にとって、なにがラジカルな問題かが把えられないのです》

吉本は、三島由紀夫は「歴史時代の原点」にさかのぼって天皇制の文化的価値を主張しようとしたが、そのような価値の収斂の仕方では駄目であるという。

《〈象徴〉の〈天皇制〉は、狭義の〈政治〉からは無化されているようにみえますが、〈国家〉が国家である本質を、いちども手ばなしてはいないともいえるとおもいます。日本人とよばれうるものが、一連の島嶼に住みついた時期は、数十万年までさかのぼれるかもしれませんが、〈天皇制〉統一国家の歴史は、千数百年にしかすぎません。そういうものに、人類的にも生活的にも文化的にも価値を収斂させるわけにはいかないということです。》

天皇という存在と制度が、アジア的・日本的な共同体の共同の心性に深く浸透していることの起源を、「千数百年」よりもはるかにさかのぼることによって、その「価値」を無化し解体していく方途がある。吉本の天皇制への視座は、したがっていきおい「在日朝鮮人問題や南島問題や島嶼辺住民族の問題を包括する形」で出てくるのであり、日本文化イコール天皇といった歴史的権威をこえていく。

これにたいして三島由紀夫は、『日本文学小史』の「第一章　方法論」で、「文化意志以前の深み」に入ろうとする「思考方法」そのもののあり方に懐疑と批判を示す。文化の価値とは、その文化を構成する人々が共通の「ものの考え方、感じ方、生き方、審美観のすべて」をほとんど無意識に有していることが最大限の条件になっている。つまり、それこそは「文化意志」なのであり、そこには文化共同体の様式や秩序が確たるものとして存在しているのだ。それはひとつの時代の、歴史的条件のもとに形づくられている。三島にとって天皇の存在も当然のことながら、この日本人の「文化意志」と結びついているのであり、吉本のような歴史を無限的に遡行していく考えは、それ自体が方法論的な偏りがあり、問題であるとする。

《文化意志以前の深みとは？　私がここで民俗学的方法や精神分析学的方法を非難しようとしていることを人は直ちに察するであろう。／私はかつて民俗学を愛したが、徐々にこれから遠ざかった。そこにいいしれぬ不気味な不健全なものを嗅ぎ取ったからである。／しかしもともと不気味で不健全なものとは、芸術の原質であり又素材である、それは実は作品によって、癒やされているのだ。それをわざわざ、民俗学や精神分析学は、病気のところへまでわれわれを連れ戻し、ぶり返させて見せてくれるのである。近代の世の中には、こういう種明しを喜ぶ観客が実に多い》

《民族の深層意識の底をたずねて行くと、人は人類共有の、暗い、巨大な岩層に必ず衝き当る。それはいわば底辺の国際主義であり、比較文化人類学の領域である。古い習俗のもっとも卑俗なものを究めて行っても、又、逆に、もっとも霊的なものを深めて行っても、同じ岩層にぶつかり、同じように「人類共有」の、文化体験以前の深みへ顚落して行く危険があるのだ。しかも、そこまで行けば、人は「すべてがわかった」気になるのである。》

ここで三島がいっているのは、文学（文化）の問題であるが、もちろん天皇制の歴史的構造についても当てはまる。吉本隆明の『共同幻想論』が刊行されたのは一九六八年であり、三島がこれを意識していたのは間違いない。自身の「文化概念として天皇制」のなかでは吉本への言及はないが、未完に終わった『日本文学小史』（内容については本書所収の「三島由紀夫と日本文学史」を参照）の冒頭において、吉本のような「天皇制」批判の方法論を根底的に批判しておきたかったのは明らかだろう。

『共同幻想論』を改めて読んでみると、そこに用いられているのはまさに「民俗学や精神分析学」なのである。共同幻想という言葉はあまり聞き慣れないが、吉本のタームとしては極めて重要であり、それは同書において次のように丁寧に説明されている。

《共同幻想も人間がこの世界でとりうる態度がつくりだした観念の形態である。〈種族の父〉(Stamm-Vater)も〈種族の母〉(Stamm-Mutter)も〈トーテム〉も、たんなる〈習俗〉や〈神話〉も、〈宗教〉や〈法〉や〈国家〉とおなじように共同幻想のある表われ方であるということができよう。人間はしばしばじぶんの存在を圧殺するために、圧殺されることをしりながら、どうすることもできない必然にうながされてさまざまな負担をつくりだすことができる存在である。共同幻想もまたこの種の負担のひとつである。だから人間にとって共同幻想は個体の幻想と逆立する構造をもっている。そして共同幻想のうち男性または女性としての人間がうみだす幻想をここではとくに対幻想とよぶことにした。いずれにしてもわたしはここで共同幻想がとりうるさまざまな態様と関連をあきらかにしたいとかんがえた。》

吉本のいう「共同幻想」とはマルクスが批判した上部構造(哲学や宗教などの世界)よりもさ

らに広い範疇をもっている。それは人間が人間としてもっている観念が生み出す世界であり、それを本質として対象化することによってこの概念は構成されている。したがって、唯物論か観念論かといった議論はここでは成り立たない。さらにこの「共同幻想」という概念は、引用にあるように国家・法・宗教・神話・習俗という幅広い対象を包含している。天皇制もまた、この共同幻想のなかにおけるひとつの（日本人にとっては歴史的に浸透力のあるものだが）観念にすぎない。吉本の「天皇制」批判は、したがってくりかえしていえば、政治的な領域をこえたものとなっている。

『共同幻想論』では、民俗学者の柳田國男と心理学者のフロイトが重要な材料として用いられている。フロイトの禁制（タブー）の理論から、王や族長にたいする制度的な禁制に注目し、それを〈共同なる幻想〉として捉えている。また柳田國男の『遠野物語』の記述を多用している。

それは、三島が指摘するようにまさに「文化意志以前の深み」に降りていこうとするものであり、また「民族の深層意識の底をたずねて行く」ことである。そこでは民族や部族の具体的な文化的習俗や宗教的価値は相対化され、捨象されていく。『共同幻想論』のなかの次のような一節は、吉本のこの方法論の行き着く到達点を浮き彫りにしていると同時に、この思想家の宗教観、もっといえば吉本自身の「信仰」というものに対する決定的な拒否の資質を滲ませているように思われる。

《ある種の〈日本的〉な作家や思想家は、よく西欧には一神教的な伝統があるが、日本には多神教的なあるいは汎神教的な伝統しかないなどと安っぽいことを流布しているが、もちろん、でたらめをいいふらしているだけである。一神教的か多神教的か汎神教的かということは、フロイトやヤスパースなどがよくつかう概念でいえば〈文化圏〉のある段落と位相を象徴するものではあっても、それ自体はべつに宗教的風土の特質をあらわすものではない。〈神〉がフォイエルバッハのいうように至上物におしあげられた自己意識の別名であっても、マルクスのいうように物質の倒像であっても、このばあいにはどうでもよい。ただ自己幻想かあるいは共同幻想の象徴にしかすぎないということだけが重要なのだ。そして人間は文化の時代的状況のなかで、いいかえれば歴史的現存性を前提として自己幻想と共同幻想とに参加してゆくのである。》

『共同幻想論』が目指している地平は、このような個別の文化意志をこえたものである。日本の歴史における天皇制もまた、ここまで降下すれば、その文化的価値を相対化できるであろう。しかしそのことは、天皇制そのものの本質の超克に結びつくのだろうか。吉本がぶつかったのも、それは歴史時代を生き続けてきた天皇制の構造であったのではないか。

三島由紀夫にとっては、天皇はあくまでも日本人の文化意志を歴史的に包含する存在であり、その意味から「文化概念としての天皇制」という概念が確認されたのである。そして、本書に収めた一連の三島論で詳述したように、三島にとって「天皇」は「一神教的」な命題を孕んだ存在であった。それは客観的な宗教的命題というよりも、戦中派としての世代感覚を深く滲ませた個としての「信仰」感覚により接近したものであったように思われる。

昭和から平成へと時代が移ったが、天皇制の本質的な議論が深められたとはいえない。現在、女性宮家創立の議論がなされているが、皇統の継承として男子以外にはありえないとする立場から様々な危惧が出されている。皇室典範の改正も視野に入れた皇統の継承はいかになされていくか。そうした議論は必要なことではあるが、天皇とはそもそもいかなる存在であるのか、何よりその根本が問われなければならない。吉本隆明と三島由紀夫がまったく別の方向から問うたその問題は、十分に深められてはいない。

三島が戦後の天皇制と皇室のあり方にたいして、批判的であったことは改めていうまでもない。しかし、戦後憲法に記された「国民統合の象徴」としての天皇の在り方は、東日本大震災における今上天皇の言葉や被災地への巡幸などからも分かるように、天皇自身が「象徴」という概念を歴史的に深く掘り下げて捉え直すことによって、国民の安寧を祈る祭祀としての宗教的力を孕んでいる。三島の戦後天皇への批判は、その射程があくまでも昭和天皇の御世のなかであったのではないかとも思われる。

今上天皇が、昭和六十一年五月、皇太子時代にこう語られたことがあった。

《天皇と国民との関係は、天皇が国民の象徴であるというあり方が、理想的だと思います。天皇は政治を動かす立場にはなく、伝統的に国民と苦楽を共にするという精神的立場に立っています。このことは、疫病の流行や飢饉にあたって、民生の安定を祈念する嵯峨天皇以来の写経の精神や、また「朕、民の父母となりて徳覆うこと能わず。甚だ自ら痛む」という後奈良天皇の写経の奥書などによっても表れていると思います》

この言葉は「象徴」という概念を、戦後憲法の枠からはるかに解き放つ意味合いをもっている。三島が言った「文化概念としての天皇制」はこの意味において、平成の天皇制のなかに実現されているともいえる。しかし三島の天皇論は、拙稿「神さすらひたまふ――天皇と三島由紀夫」（本書所収）で書いたように、『文化防衛論』のそれよりも、一神教的な超越性を孕む道義的革命の原理としての「天皇」論にこそ、その本質があるとすれば、今日の皇室をめぐる議論はひと回り浅いところでの皇室存続論にとどまっているといわざるをえない。

また、吉本隆明は現実的には「国民統合の象徴」としての「天皇制」は政治的権力を復元することはないだろうといい、「制約をうけながらも、〈天皇制〉管理機構〈宮内官僚機構と諸法規〉を通じて存在するとおもいます」(『どこに思想の根拠をおくか』)と指摘していたが、その通りに現在至っているといっていい。しかし、吉本が『共同幻想論』などで試みた射程からの「天皇制への思想的批判」は、今日ほとんど議論されなくなっているように思われる。

三島と吉本の天皇論にまったく触れてはいないが、一九九五年九月に刊行された、日本政治思想史の学者・坂本多加雄の『象徴天皇制度と日本の来歴』が、わずかに本質的な戦後天皇論として挙げられる。坂本はその著作で次のように明言している。

《「天皇」は、何よりも制度であり、また、「天皇」という言葉は、科学的術語のように、研究者によって任意に定義可能な操作的な用語ではない。とはいえ、このことは、天皇の意義について、唯一不変の絶対的なものがあることを意味しない。あくまで、「天皇」という制度が、わが国の国家制度上どのように位置づけられてきたのか、また、「天皇」という言葉が、律令体制をはじめとして過去の法制において何を意味していたのかということを跡づけて、そうした過去の実践とそれへの解釈の集積をもとにしたうえで、現在の実践的関心に即して、解釈学的にその意味を確定すべきである。それは、やはり、英米における判例法的な解釈手続に似たような作業であって、いわば、高次の憲法学に属する探究であり、それには、天皇に関する「神

学」と呼びうるような識見を必要とするであろう。》

まさに天皇に関する「神学」がいま求められているのではないか。三島と吉本の天皇論は、そのための重要な思想的アプローチとしていま改めて再検討を迫られている。

思想と身体

三島由紀夫が老いることを極端に嫌い忌避していたのはよく知られている。彼自身が四十五歳という年に自裁したのも、『太陽と鉄』で精神と肉体の二元論の到達点に「死」を想定していたのも、人間の生理的な老いという事態への、執拗なまでの抵抗であったのはあきらかだろう。それは〈青春〉は永遠に美しく輝いており、〈老年〉はどうつくろっても醜いという単純な構図だけではなく、肉体そのものが「衰えることの根本原因である」とすれば、精神と肉体という二元論は複雑な陰影を帯びる。

『癩王のテラス』は、そんな三島の精神と肉体の二元論の逆説的な絵解きである。癩病によって崩れゆく肉体を、王の強靭な精神が巨大なバイヨン寺院を建築することで永遠化しようとするとき、完成したバイヨン（肉体）によって、永遠を夢見ようとした精神のたくらみが否定される。

精神は、何かに仮託される（作品化される）ことで永遠のものと化すという、その自意識の倨傲が、永遠の建築物と化した王の「肉体」によって暴き出されるのである。

しかし、『癩王のテラス』は、もちろんそれ自体が三島の創り出した戯曲（作品）であり、生身の作者たる三島自身においては、自刃という最終的行為が選択されたのであった。

自死を予定して書かれた『天人五衰』では、主人公の本多繁邦の自身の老いの深まりに対する内省そのものの醜悪さが、これでもかといったように描かれている。

《鏡に映る自分の躰を検めた。胸の肋がことごとく影を刻み、腹が下へゆくほど膨れ、その膨れたかげに、萎え切った白隠元のようなものを垂らし、削れたような肉の落ちた仄白い細い下肢へつづいている。膝頭が腫物のように露われている。この醜さを見て自若としていられるには、どれほど永い自己欺瞞の年数が役立っていることだろう。しかし本多は、もし若いとき美しかった男が老年に及んでこうなったらさこそと思うにつけ、そういう人間に対する心ゆくばかりの憫笑で自分を救った》

吉本隆明は三島の〈自死〉にたいして、その肉体を破砕してみせる行動の意味を客観的に評価しつつも、そこに「空想的」なものを見ずにはいられなかった。三島事件直後に、吉本は「情況への発言」（一九七一年二月）で、こう記していた。

《青年たちのうけたであろうこの衝撃（注・三島事件）の質を、あざ嗤うものはかならず罰せられるような気がする。そして、この衝撃の質は、イデオロギーに関係ないはずである。どんなに居直ろうと、〈おれは畳のうえで死んでやる〉などという市民主義的な豚ロースなどの、弛緩した心情になんの意味もないのだ。〈言葉〉は一瞬世界を凍らせることができる。しかし肉体的な行動が、一瞬でも世界を凍らせることは〈至難〉のことである。青年たちの衝撃は、この〈至難〉のことである。青年たちの衝撃は、この〈至難〉を感性的に洞察しえているがためにちがいない。わたしが青年たちと、うけた衝撃の質を異にするのは、恥かしさや無類の異和感にたえて戦後を生き延びたことから、〈死〉を固定的に、つまり空想的にかんがえないという思想をもっているためである》（傍点引用者）

ところで、この吉本の文章を読んだときのことを今もよく覚えている。当時、私は中学一年であり、三島由紀夫の自決のニュースを不思議な（としかいいようのない）衝撃を持って受けとめた。実は三島という作家のことも、彼が主宰している楯の会のことも何も知らなかったが、自衛隊で割腹して首をはねるという行為の激烈さに驚くというよりも、何か深いほとんど理由のない感銘を受けた。三島の小説などをその後読みはじめ、吉本のこの文章をたまたま彼のやっている雑誌『試行』で目にしたとき、私はまさにここでいわれている「青年たち」の「衝撃」こそ、自分の体験の核心にあるものだと思ったのである。それは文字通り「イデオロギーに関係ない」ものであり、吉本のいう〈至難〉の感触が、その衝撃の本質であった。

あれから四十二年余りの歳月を経て、しかし今問いたいのは、傍点を付した部分の吉本の感想である。いうまでもなく、それは戦中派と呼ばれた世代に属する吉本隆明の死にたいする考え方である。同世代の多くの仲間が「散華」といわれる死を強いられ、徴用動員で富山県の魚津の工場へ行きそこで八月十五日の敗戦をむかえた吉本は、寮に帰って一人で泣いたという。戦後は吉本にとって「生き延び」るという感覚からの出発であり、それはまた別のかたちで三島にも共通するものであったろう。

吉本にとってこの敗戦体験は、「〈死〉を固定的に、つまり空想的にかんがえないという思想」をもたらしたのであり、その「思想」の表出として「共同幻想」とそれとの対決があった。国家や法や宗教という人間が生み出した共同の観念が、人間を捕え、ときに、いや少なからず「死」を強要する。「死」に意味を与え、粉飾する。人間はそのようにして「空想的」に死をむかえいれようとする。あるいは、そうせざるをえなくなる。つまり、吉本にとって敗戦体験から導き出された結論は、彼の三島の自決評のいい方を借りれば、「肉体的な行動が、一瞬でも世界を凍らせる」ということは、〈至難〉ではあるが、それ自体に意味や価値を見出すことはできない、それは「肉体的」なるものへの、むしろ決定的な観念的誤謬にほかならないということである。

このような吉本の身体と死の関係をめぐる考え方が、三島の精神と肉体と二元論とその対立の究極的解決としての「自死の思想」と正反対なのはいうまでもない。

もちろん詩人であった吉本が、青春期の持つ肉体と精神の均衡と衝突がもたらす「美」の問題を知らないはずはなかったが、三島の「老い」にたいする嫌悪のオブセッションは、吉本にとっては思想的には幼稚な、文学者の個的な在り方の問題として見えていたはずである。

吉本は、梶井基次郎について「かれの自然は季節のように移ろわない。ただ生と死とが自然の起源から終末にかけて繰返し交替し、人間の生涯もまた誕生から成人に、成人から老衰へ、老衰から死へと、いわば小さな生死を繰返されるものと認識されていた」（『吉本隆明歳時記』）といっているが、彼自身にとっても「死」はその敗戦体験を通して内在化されたもの（梶井などの青年たちが、結核という宿痾を自身に内在して生きたように）としてあり、生の自然過程は「小さな生死」のくりかえしとして認識されていたのではないか。その意味では、吉本にとってアドレッセンスは、三島的な「肉体」の美と健康の至上性といった価値とは本質的には関わり合わない。

さらに重要なのは、「老い」という身体・生理の現象を受けとめることは、吉本の「思想」そのものの在り方と深く関わっている点である。

『最後の親鸞』に次のようなくだりがある。

《〈知識〉にとって最後の課題は、頂きを極め、その頂きに人々を誘って蒙をひらくことではない。頂きを極め、その頂きから世界を見おろすことでもない。頂きを極め、そのまま寂かに〈非知〉に向って着地することができればというのが、おおよそ、どんな種類の〈知〉にとっても最後の課題である。この「そのまま」というのは、わたしたちには不可能にちかいので、いわば自覚的に〈非知〉に向って還流するよりほか仕方がない。しかし最後の親鸞は、この「そのまま」というのをやってのけているようにおもわれる》

親鸞の主著『教行信証』に、その「思想が体系的にこめられている」という考え方に異をとなえる吉本は、経典の言葉に制約された「浄土門思想の祖述者」としての親鸞よりも、もっと根底的《ラディカル》なところまで親鸞は行ったのではないかという。

一切の自力をすてて、「知」よりも「愚」の方が、「善」よりも「悪」の方が「弥陀の本願に近づきやすい」と説いた親鸞は、自分もまたかぎりなく「愚」に近づくことを願いとした。しかし、知者にとって「愚」は近づくのが不可能なほど遠くにある「最後の課題」である。それはただ「愚になれ、知者ぶるなという程度の問題」ではなく、極限まで行けば、宗教や信心とは無縁な存在でもある「無智」を荷った人々のところにまで行き着くことである。慢性的な飢饉や疫病そして天変地異によって、民衆が塗炭の苦しみのなかにあるとき、念仏をとなえて浄土へ入るという本願他力の救済の思想すらも意味を失う。親鸞が直面した現実とは、この非業の人間たちの生身の姿であった。そこでは浄土宗の思想をも越境せざるをえないのであり、念仏さえとなえれば浄土へ行けるという教えの構造自体が解体させられる。もちろん、それは浄土真宗そのものの解体と同時に他宗派の無化であり、「宗教」というものの拒否である。

『最後の親鸞』のなかで、吉本はこうした親鸞の「思想」の果てにまで言及していき、「人間はただ、〈不可避〉にうながされて生きるものだ、と（親鸞は）云っていることになる」という。

《一見するとこの考え方は、受身にしかすぎないとみえるかもしれない。しかし、人が勝手に撰択できるようにみえるのは、ただかれが観念的に行為しているときだけだ。ほんとうに観念と生身とをあげて行為するところでは、世界はただ〈不可避〉の一本道しか、わたしたちにあかしはしない。そして、その道を辛うじてたどるのである。このことを洞察しえたところに、親鸞の〈契機〉（「業縁」）は成立しているようにみえる》

念仏をとなえるという行為のなかの、かすかな「自力の目的意識」すらも否定するとき、親鸞は「念仏一宗」の「自己解体」へまで至る。吉本が描き出す親鸞像は、この最後の思想へと至り着いた、その姿である。

《最後の親鸞を訪れた幻は、〈知〉を放棄し、称名念仏の結集にたいする計《はか》らいと成仏への期待を放棄し、まったくの愚者となって老いたじぶんの姿だったかもしれない。

「思・不思」というのは、思議の法は聖道自力の門における八万四千の諸善であり、不思というのは浄土の教えが不可思議の教法であることをいっている。こういうように記した。よく知っている人にたずねて下さい。また詳しくはこの文では述べることもできません。わたしは眼も見えなくなりました。何ごともみな忘れてしまいましたうえに、人にはっきりと義解を施すべき柄でもありません。詳しいことは、よく浄土門の学者にたずねられたらよいでしょう。(『末燈鈔』八)〔私訳〕

眼もみえなくなった、何ごともみな忘れてしまった、と親鸞がいうとき、老もうして痴愚になってしまったじぶんの老いぼれた姿を、そのまま知らせたかったにちがいない。だが、読むものは、本願他力の思想を果てまで歩いていった思想の恐ろしさと逆説を、こういう言葉にみてしまうのをどうすることもできない》

吉本が見ようとしたのは、「果てまで歩いていった思想」（本書所収「思想の果てにあらわれるもの」参照）であるとともに、もうひとつ肝要なのは、老いさらばえる身体・生理の現実にたいする「思想」の向き合い方である。痴愚になった「老いぼれた姿」によって「知らせたかった」こと――それ自体を、吉本はあえて「思想」であるとはっきりと断言しているのだ。そして、その「思想」は、「人間はただ、〈不可避〉にうながされて生きるものだ」という考えに結びついている。むしろんこれは運命論や宿命論ではなく、人間が「生きる」ということの本質的な意味である。吉本の言葉でいえば、「ほんとうに観念と生身とをあげて行為するところ」に見出しうる思想である。

三島由紀夫が「撰択」した自死は、この地点から見れば「観念的」な「行為」にすぎない。老いということをただ身体・生理の自然現象としてしか見ていないがために、三島の肉体論には思想と呼べる内実はない。逆にいえば、三島ははじめから身体的な自然過程というものを思想的に対象化していないのであり、身体・肉体は自意識との相関のなかでしかありえない。『天人五衰』は老境に達した本多繁邦と、二十歳で「死」を約束されているはずであった安永透の自意識の鍔迫り合いの物語なのだ。

三島由紀夫は四十五歳という、今日からすれば若いといっていい年齢で割腹自決した。その死の選択と行動へのプロセスは『太陽と鉄』で述べられているが、それはただの自死とはいえぬものをふくんでいる。いうまでもなく三島は自らと楯の会というグループ（その一人であった森田必勝も自決している事実を忘れるわけにはいかない）の主張を表明するために死んだということだ。

三島が自衛隊員に向かって演説した市ヶ谷の陸上自衛隊東部方面総監室のバルコニーは、皇居に向いているという。演説の後、三島と森田は天皇陛下万歳を叫んだ。三島がその叫び声を真に届けたかったのが誰であったかは、『英霊の声』を読めばあきらかであった。

吉本隆明は一九八二年（昭和五十七年）二月、江藤淳との対談（「現代文学の倫理」『海』一九八二年四月号）の最後で、昭和天皇の話題になったときに次のように発言した。

《江藤さん。プライベートにはときどき口にしますけれど、公けにあんまり口にはしないんですが、ぼくは「あの人」より先には死にたくねえ、「あの人」より先には死なんぞ、と思っているわけですよ。それはぼくら戦中派の何か怨念みたいなもので、思っているんです》

江藤淳はこれにたいして「そうでしょうね」と答えているが、昭和天皇が一九八九年一月七日に崩御したとき、吉本隆明は六十二歳であった。吉本は八十七歳で本年他界したが、平成の二十四年という歳月は、三島が敗戦後に生きた昭和の年月とほぼ同じ四半世紀という時間である。

＊書き下ろし　二〇一二（平成二十四）年

吉本隆明

思想の果てにあらわれるもの
最後の吉本隆明

思想の果てにあらわれるもの

一

吉本隆明について語ろうとすれば、『共同幻想論』『言語にとって美とはなにか』『心的現象論』などの体系的な仕事を抜きにするわけにはいかないだろう。現におおくの吉本隆明論は、これらの著作に踏み入って、吉本のターミノロジーに沿いながら、各々論点を見出している。

勁草書房版の吉本隆明全著作集では、『共同幻想論』は「思想論」というように呼ばれているので、いま仮りにこれらの体系的な吉本の仕事を思想論と一括していっておくが、私は吉本の思想論に直接入っていくことにあるためらいを感じる。もちろん、吉本の思想論の体系のなかに踏み込み、その思考の展開を追うこと自体かならずしも容易ではないが、論者はそこではまがりなりにも抽象と論理の世界の深みに降りていくことはできるはずである。しかし、そのとき、ほかならぬこの思想家にとって「思想」とは何か、という問いかけは置き去りにされてしまうように思われる。

吉本隆明を考えるとき、この「思想」とは何か、という問いは抜かすことはできない。そしてこの問いを立てようとすれば、彼の一連の思想論の世界にそのまま入っていくのをいったん留保すべきではないか。むしろそこから離れ、別な場所からこの思想家を見るべきではないか。

別な場所というとき、私は吉本隆明における宗教的なものにたいする著述のことを考える。すなわち、『マチウ書試論』であり、『最後の親鸞』である。このふたつのすぐれた論稿を読むとき、そこに浮かびあがってくるのは、〈宗教〉〈信仰〉の問題では実はない。そうではなく、吉本隆明にとっての「思想」というものの問題性である。いや、吉本という固有名詞を外してもよい、「思想」そのものの命運とでもいいたいものだ。

二

『マチウ書試論』は異様な論稿である。すくなくとも私にはそのように見える。

周知のようにこの論稿は、「関係の絶対性」という現実認識を表明したものとしてしばしば論じられてきた。だが、『マチウ書試論』で「関係の絶対性」という言葉が出てくるのはいちばん最後のところにすぎない。

吉本は、アルトゥル・ドレウスの『キリスト神話』の実証研究に依拠しながら、新約聖書が旧約からの剽窃であり、新約が旧約を利用しながらジェジュ（イエス）の実在を捏造し、しかもそこには旧約、ユダヤ教への近親憎悪がくろぐろとうずまいていることをあきらかにしていくのであるが、そこで照明を当てられるのはジェジュではなく、その作者、『マチウ書』の作者である。吉本が執拗に切開しようとするのは、ジェジュでもなければ、信仰の問題でもない。『マチウ書』の作者の「思想」である。


《マチウ書が、人類最大のひょうせつ書であって、ここで、うたれている原始キリスト教の芝居がどんなに大きなものであるかについて、ことさら述べる任ではないが、マチウ書の、じつに暗い印象だけは、語るまいとしても語らざるを得ないだろう。ひとつの暗い影がとおり、その影はひとりの実在の人物が地上をとおり過ぎる影ではない。ひとつの思想の意味が、ぼくたちの心情を、とおり過ぎる影である。》

吉本は『マチウ書』に「ひとつの思想の意味」を見て、そこに「じつに暗い影」を感得する。

注意すべきは、それは信仰のひめている「暗い影」ではなく、あくまでも思想の「暗い影」であるところだ。つまり、『マチウ書』という『聖書』は、吉本によって「信仰」ではなく、「思想」としての問題性に力点をおいて読み換えられているのである。『マチウ書試論』のはらんでいる異様さは、この作者の読み換えの強度に由来しているといってよい。この強度は当然のことながら、信仰にたいしてはある種の拒絶というかたちをとる。信仰の書としての『聖書』の意味性は、旧約からの剽窃、「人類最大のひょうせつ書」であり、原始キリスト教の、『マチウ書』の作者のユダヤ教への近親憎悪といった事実のなかに解体されてしまう。ジェジュの実在などははじめから問題にされない。ただ問われるのは「ジェジュに象徴されるひとつの、強い思想の意味」である。

　たとえば、『マチウ書』にあらわれるジェジュの自分の肉親への拒絶のくだりにかんして、吉本は《マチウ書の主人公ジェジュが家族感情を欠いているように描かれているとき、そこに作者の思想の徴候をよみとるべきではあるまいか、と考えるのである》として、原始キリスト教が現実秩序からの重圧、肉親の裏切りなどにたいする「苛酷な思想的抗争」のなかで「身にそなえた憎悪と、うちひしがれた心理」をいだくことになり、それが『聖書』の言葉の「思想的うらづけ」になっていると指摘する。ジェジュが、預言者は自分の故郷や家では敬われることはない（「マタイ」十三章五七）と語る部分についても同じようにこういっている。

《人はたれでも、故郷とか家とかでは、ひとつの生理的、心理的な単位にすぎない。そこでは、いつも己れを、血のつながる生物のひとりとしてしか視ることのできない肉親や血族がいる。己れの卓越性を過信してやまなかったマチウ書の主人公は、むらむらと、近親憎悪がよみがえるのを感ずる。作者の手腕は、この短かい挿話のなかで、それを見事にとらえるのである。》

新約聖書における、肉親や故郷にたいするジェジュの言葉を、吉本のように原始キリスト教の「思想的なアンビヴァランス」にうらづけられたものと見るかぎり、つまり原始キリスト教をとりまいていた苛酷な形而下的現実と、福音書記者の「思想」に還元してしまえば、信仰の問題は捨象されるのは当然である。『マチウ書試論』に記された次のような一節は、『マチウ書』を論ずる吉本隆明が、聖書におけるもっとも本質的な信仰の問題を骨抜きにしようとしていることをあきらかにしている。

《すべて信仰によることは悪ではあるまいかとさえ考える。それは人間の思考をでなく、思考の意味を奪うからである》

信仰というものを捨象し拒絶する分だけ、吉本は「思考の意味」に、また「思想の意味」に執着する。『マチウ書』の解析はいっかんしてこの作者の執着によってすすめられている。くりかえせば、吉本は聖書で信仰の問題としてあらわれてくるものを、ことごとく「思想の意味」としてとらえ直してしまうのであり、「人間と人間との関係が強いる絶対的な情況」すなわち「現実における関係の絶対性」という考えはその帰結として出てくるのである。神と人との関係が物語られているものを、「人間と人間との関係」の物語に転換することにおいて『マチウ書試論』は徹底しており、そのことにかんして吉本はきわめて強引でさえある。おそらく、この強引さに、ある必然性を見出しうることができれば、この思想家にとって「思想」とは何か、という問いかけがはじまるように思える。

『マチウ書試論』は昭和二十九年、吉本隆明三十歳のときに発表されたものだが、彼はその前年には詩集『転位のための十篇』を刊行し、翌年から戦争責任論の口火を切っていく時期にあたっている。この時期の作者のいかなる生活上の、また思想上のインパクトが『マチウ書試論』に反映されているのか、私は詳らかにしないが、ただ吉本隆明は、この作品において「思想」というものの持つ「じつに暗い」、そして奇怪な性質を、あたかも『マチウ書』の作者を論ずることで、その作者の倒錯と憎悪に自分を同化させ、わがものにしていったのではないか。吉本の信仰というものにたいする拒絶は、そのことの代償ではなかったか。

吉本が敗戦後に、新約聖書を拠りどころにした時があったとか、その後マルクスやニーチェのキリスト教批判を深く受容したとか、あるいはドレウスの実証研究に突き動かされたといったことから、彼の宗教への、信仰への拒絶を推測するのは単純すぎる。そこにはこの思想家にとってのもっと深い、不可避的な契機があると考えるべきだろう。それはむしろこのようにいうべきものではないか。ジェジュの肉体を生んだ『マチウ書』の作者の「思想の型」を、その倒錯と憎悪と逆説をひめた暗い「思想の意味」の奥底をえぐっていくなかで、吉本は信仰の絶対性すらも突き破りうる、思想というものの正体をはじめて自身で摑みえたのではなかったか、と。

近代日本の知識人、思想家にとって、思想とはよくもわるくもつねに輸入された〝様々なる意匠〟であり、意匠としてのさまざまな〝思想〟にふりまわされねばならなかったが、それゆえにそこでは思想というものの恐ろしさの髄に接するのはほとんど皆無であった。吉本が原始キリスト教、『マチウ書』の作者に同化することで行なったのは、まずこのような観念の風土にたいする挑戦であったといえる。『マチウ書』の作者の熾烈な近親憎悪を、自分の等身大の影として、疑いえぬ「暗い影」として描き出したとき、彼は「思想の意味」の深淵にすでに足を踏み入れていた。『共同幻想論』などの一連の思想論への道はこのときに決定されていた。また、後に小林秀雄にたいして、次のように批判しうる場所にすでに立っていたといってよい。

《小林秀雄が晩年到達したところによれば、思想は実生活を離れて独り歩きをすることはできるが、肉体を離れて独り歩きをすることはできないということであった。（中略）小林秀雄のこういう考え方は虚偽だとはいわれない。けれどこの真は〈始まり〉にある真であって「手間」をかけて到達すべき真ではないようにおもえる。（中略）思想の論理は情熱を伴って自前の道を走って止まらないが、思想の身体はたしかなじぶんの輪廓を固執してやまないというような分裂は、ほとんど小林秀雄には無縁になったといいうる。（中略）だいたい思想や論理が、肉体や肉声のように生々しいだけで済む、あらゆる抽象と論理の行手はたかが知れている。小林秀雄が到着した場所はそこであった。》（「小林秀雄」）

これは小林秀雄にたいする批判という以上に、吉本自身が自己にとっての「思想の意味」を語ってみせた一文として受けとれる。小林が、思想の論理と身体の分裂とは無縁なところに手間をかけて到達したことを批判する言葉は、そのまま吉本のその分裂こそを極限まで歩むという意思表示になっているからである。

換言すれば、吉本にとって「思想」とは、肉体や肉声を離れて独り歩きする、「自前の道を走って止まらない」ものにほかならず、『マチウ書試論』において彼が突き当ったものこそ、そのような意味の「思想」の奇怪さ、恐ろしさであった。吉本は、このような「思想」というものの実感を『マチウ書』の作者を通して吸収し、その確信をマルクスの仕事から得たように思われる。

原始キリスト教とマルクスという、一見矛盾する思想のかたちが、吉本隆明の「思想の意味」の獲得にかかわっていることはきわめて興味深い。

だが、それよりも重要な問題がある。「自前の道を走って止まらない」思想の論理の情熱（『マチウ書試論』に倣って憎悪といいかえてもいいだろう）は、一体何によって絶えずうながされていくのかということだ。吉本隆明にとってそれは何か。こう問うとき、あの「大衆の原像」という概念に出遭うのである。

三

『最後の親鸞』は、吉本隆明の著述のなかで、もっとも美しい緊張をたたえているように思われる。そこには『マチウ書試論』にあった性急な痛切な切迫した調子はおさえられ、ある確信に充ちた静謐なものがある。しかし、にもかかわらず『最後の親鸞』には、『マチウ書試論』に垣間見られたものと同質の異様さがある。

それは『マチウ書試論』でもそうであったように、ここでも親鸞の〈宗教〉ではなく、あくまで〈思想〉に向かって作者は筆をすすめているからである。親鸞自身の著述よりも、「親鸞が弟子に告げた言葉に一種の思い入れみたいにこめられた思想」を、吉本は『歎異鈔』や『末燈鈔』をたどりながらとらえようとする。『最後の親鸞』の冒頭には、知識にとって最後の課題は、頂きを極め、その頂きに人々を誘い啓蒙することでも、そこから世界を見おろすことでもなく、「頂きを極め、そのまま寂かに〈非知〉に向って着地すること」である、という一節を読むことができる。そして吉本は、最後の親鸞は、この「そのまま」をやってのけた稀有な存在であったと指摘する。では、この最後の親鸞像は何によって導かれるのか。それは「宗教に無縁な存在」である「〈無智〉を荷った人たち」の存在自体にほかならない。

《しかし〈無智〉を荷った人々は、宗教がかんがえるほど宗教的な存在ではない。かれは本願他力の思想にとって、それ自体で究極のところに立っているかもしれないが、宗教に無縁な存在でもありうる。そのとき〈無智〉を荷った人たちは、浄土教の形成する世界像の外へはみ出してしまう。そうならば宗教をはみ出した人々に肉迫するのに、念仏一宗もまたその思想を、宗教の外にまで解体させなければならない。最後の親鸞はその課題を強いられたようにおもわれる。》

「宗教をはみ出した人々に肉迫する」思想——吉本が最後の親鸞に見ようとしているのはそのような「思想」である。それは〈宗教〉〈信仰〉を突き破り、解体させるがゆえにまさに「思想」と呼ぶほかはないものだ。

吉本は、最後の親鸞あるいは「親鸞、その最後の思想というかんがえ」に魅せられてきたとも書き記しているが、それは浄土真宗という宗教（共同幻想）としての思想ではなく、そうした宗教世界から「離れて独り歩き」し、ついには浄土真宗そのものの解体としてあらわれる「思想」を、最後の親鸞のうちに見出しえたからであろう。そして、そのような場所にまで親鸞の「思想」を歩かせていったものを、吉本は宗教に無縁な人たちであると規定した。この宗教に無縁な「〈無智〉を荷った人たち」は、吉本のいい方でいえば「大衆の原像」という概念に重なっていく。つまり、最後の親鸞の思想的課題は、それを論ずる吉本隆明の「思想」の行方でもあったといってよい。

《最後の親鸞を訪れた幻は、〈知〉を放棄し、称名念仏の結果にたいする計《はから》いと成仏への期待を放棄し、まったくの愚者となって老いたじぶんの姿だったかもしれない。（中略）眼もみえなくなった、何ごともみな忘れてしまった、と親鸞がいうとき、老もうして痴愚になってしまったじぶんの老いぼれた姿を、そのまま知らせたかったにちがいない。だが、読むものは、本願他力の思想を果てまで歩いていった思想の恐ろしさと逆説を、こういう言葉にみてしまうのをどうすることもできない。》（傍点引用者）

吉本にとって真に「思想」の名に値するのは、「果てまで歩いていった思想」以外の何物でもない。そして、その「思想」を吉本にうながし強いる存在、それこそが「大衆の原像」と彼自身が呼びとどめようとしているものである。

そう考えれば、「大衆の原像」とは何か実体的なものではなく、しばしば想起されるような庶民のイメージや生活者のイメージにも収まりきらぬ、そういってよければ奇怪な存在（非存在）である。高度成長以降の日本の社会、消費社会の現在においては、吉本がいう大衆像自体が変容したという指摘がしばしばなされているが、それは「大衆の原像」という吉本の概念の本質には届かない議論のように思える。

では吉本隆明自身は、今日において「大衆の原像」についてどのように考えているのか。たとえば、「文藝」一九八五年三月号の鼎談で吉本はこんなふうに語っている。

《つまり必ず大衆の原像を、繰り込めていないない理念的な閉じかたは、あるいは知識の閉じかたは、駄目なんじゃないかということが、それに（知の党派・宗教—引用者注）対する僕の理念的な反省の仕方です。（中略）ただ僕は大衆の原像と言ったときには、それはぜんぜん知的な場面とか、活字とか、そういうところに登場してこない大衆というものを想定したわけだけれども、現在みたいな情報社会になって、高度な社会になってくれば、実体としてそういう大衆を想定することは出来ないですね。（中略）そうすると、そのことはその意味では、もう変わっているけれども、ただ大衆の原像というものを、どうしても繰り込む以外にないんだという課題は、修正する必要はないだろうと思っているわけです》（傍点引用者）

吉本がここで語っているのは、〈知〉がしばしば〈知の宗教〉や〈知の党派〉として閉じてしまうのにたいし、「大衆の原像」という概念はその問題を超えるためにはどうしてもうしなうわけにはいかないということである。吉本自身のなかにあって「大衆の原像」とは、自分が〈知〉の世界のなかに繭のように閉じ込められることにたいする一種の反駁、〈知〉に覆いつくされることにたいする生理的といってもよいような違和感の根源としてある。

同時に、親鸞にとって「宗教をはみ出した人々」の存在こそが、親鸞に浄土真宗の解体に至るまでの「思想」を歩かせたように、吉本にとって「大衆の原像」は、彼自身を「果てまで歩いていった思想の恐ろしさと逆説」に至らしめずにはおかない、そのようなうながしをもたらすものとして存在しつづけている。それは「思想」の論理と身体の〝分裂〟を吉本自身に課してやまないものであるともいえる。このとき、「大衆の原像」は〈知〉の否定であるとともに、〈知〉の極限であるという両義的な相貌をあらわにする。〈知〉の極限が、そのまま〈知〉の否定につながる場所、吉本隆明にとって「思想の意味」とはその場所にまで到達することにほかならない。

四

しかし、「果てまで歩いていった思想」が、その果てにおいて遭遇するのは何であるか。「思想の恐ろしさと逆説」の意味はそこで問われなければならない。これに答えるのは容易ではないが、私なりにひとつの結論を記しておきたい。

親鸞がその思想を「宗教の外にまで解体させなければならなかった」最後の課題についてふれながら、吉本は〈宗教〉についてこう書いていた。

《〈わたし〉たちが宗教を信じないのは、宗教的なもののなかに、相対的な存在にすぎないじぶんに眼をつぶったまま、絶対へ跳び超してゆく自己偽瞞をみてしまうからである。〈わたし〉は〈わたし〉が偽瞞に躓くにちがいない瞬間の〈痛み〉に身をゆだねることを拒否する。すると〈わたし〉には、あらゆる宗教的なものを拒否することしかのこされていない。》

ここには宗教批判のモチーフを見ることができるが、重要なのは「絶対へ跳び超してゆく」ことを「自己偽瞞」としてとらえている点であろう。つまり、「思想」が〈信仰〉の絶対性の前で腰を折り曲げてしまうことの批判であり、拒否である。

ここで想起するのは、吉本と今西錦司の対談『ダーウィンを超えて』のなかで、今西が「進化」の問題について語りながら、「変わるべくして変わった」という事実を尊重すると主張したのにたいして、吉本はそれを論理的に、あるいは理論的に説明できなければいけないのではないかとくりかえしていたところである。自然淘汰という架空のものを考えるよりも、「変わるべくして変わる」、「人間の営為の限界を超えた問題」がありうると語る今西錦司に執拗に食いさがる吉本は、「狂気を超えて論理をたどってゆかなくてはならない」ことが「歩むものにもたらす名づけようのない体得のありうることを、たぶん小林秀雄はよく知っていなかったのである」(「小林秀雄」)といって小林を批判する吉本にそのまま重なっているように見える。

吉本が、今西の〝正論〟をあくまでも受けいれようとしないのは、「思想」の果てで、論理の究極で「絶対へ跳び超してゆく」ことをどうしても拒絶しなければならないという一種の信念によるものであろう。しかし、逆にいえば、吉本は「思想」が、その果てでみずから出遭わねばならないのが、その「跳び超し」であることを不可避的に知悉しているがゆえにこそ激しく反撥しなければならないのではないか。「狂気を超えて論理をたど」ることの、つまり思想の「果てまで歩いて」いくことの、その先にあらわれてくるのは、かつて吉本自身が『マチウ書試論』で捨象した〈信仰〉というものの「暗い影」なのではないか。

『マチウ書』から、ジェジュと〈信仰〉を骨抜きにして、「苛酷な思想的抗争」の現実のなかにあった『マチウ書』の作者の「思想の暗い影」に同化することで思想的出発を遂げた吉本には、自身の思想を「果てまで歩いて」いったとき、はじめの地点で超克したはずのものが、その最後の場所で、もう一度、同じすがたで立ち現われてくるのではないか。思想の「恐ろしさと逆説」は、吉本隆明において、そのような事態として、つまり〈信仰〉の問題としてやってくるのではないか。

ところで、トルストイの家出問題に端を発した、文学者の思想と実生活の関係について、正宗白鳥と論争したとき、小林秀雄が実生活とついに訣別しないような思想に何の意味があるか、と語ったのは周知の通りである。「思想と実生活」論争と呼ばれた正宗白鳥と小林秀雄の論争である。白鳥の自然主義的文学観に異を唱えて、偉大なトルストイも妻のヒステリーに耐えきれず家出してのたれ死んだ、という「実生活」を強調することを批判した小林であったが、彼はその後、白鳥のいう「実生活」とは実は「思想」そのものであったことを痛感したという。そして、『本居宣長』を完成後に、最晩年の小林は白鳥について書きはじめたのだった。あのトルストイの奇怪な『芸術とは何か』を看破し、晩年のトルストイについてできれば書いてみたいと、ほかならぬ正宗白鳥にむかって語っていた（対談「大作家論」昭和二十三年）小林が、トルストイの「思想」が逢着しなければならなかったパラドックスを知らなかったはずはない。小林はその対談で、「書けば、きっと九尾の狐と殺生石を書くでしょうよ。思想なんて書きませんよ」といい放ったが、その死によって永遠に中絶した『正宗白鳥の作について』は、おそらく小林がトルストイと正宗白鳥を通して、「思想が果てまで歩いて」いったところで、はじめてあらわれるもの、それを論じようとしたのでなかったか。

《「わたしはわたしの意識の身体に形どられた思想だけを信ずる」》（「小林秀雄」）

吉本のいうように、小林秀雄が到着したのはそのような場所であったかもしれない。しかし、吉本のいうように「この真は〈始まり〉にある真であって「手間」をかけて到達すべき真ではない」と断言しうるのだろうか。

〈信仰〉を捨象し拒絶して『マチウ書試論』を書き、思想的出発をはたした吉本が、その思想を「果てまで歩いて」いくとき、そこでもし出発点が最後の課題としてあらわれてくるならば、思想にとっての〈始まり〉とか〈到達点〉とは一体何なのか。

正宗白鳥はビリューコフの『大トルストイ伝』よりも、ゴーリキイの「トルストイの思い出」という短い文章に心を動かされたという。小林も『正宗白鳥の作について』でそのことにふれているが、ゴーリキイはトルストイが「語ったもののむこうに、彼が黙っていた」、日記にさえ書かれなかったものがあるという。ゴーリキイはそれは「彼以外には何人もかつて経験したことのない恐ろしくはっきりした孤独の土地から生れ出た、最も険悪な虚無主義のように思われる」と語る。また、「彼はその魂のどん底に於ては、頑に、民衆に対して無関心な人間だと、私が思ったことがしばしばある」とも。

ゴーリキイも、また正宗白鳥も小林秀雄も、トルストイの「果てまで歩いて」いく「思想」の「恐怖とパラドックス」をはっきりと見ていたといってよい。そこには、人道主義者トルストイの姿などはない。

吉本隆明に思想の「果てまで歩いて」いくことをうながすものが「大衆の原像」ならば、「大衆の原像」とは理念でも概念でもなく、この思想家にとっての「殺生石」であるとはいえないだろうか。それは吉本隆明という思想家の外部にあるものではない。ゴーリキイのトルストイ評に倣っていえば、「彼以外には何人もかつて経験したことのない恐ろしくはっきりした孤独の土地から生れ出」たものにほかならないからだ。吉本隆明の『マチウ書試論』や思想論の深部から私が感ずるものは、この「殺生石」の異様な感触である。

＊初出　一九八六（昭和六十一）年

最後の吉本隆明

東日本大震災が惹起した福島第一原発の事故。以後、世論は脱原発ムード一色に染め上げられた。それは現在も続いている。

そんな折、吉本隆明が亡くなった。吉本隆明が文字通り最後に表明したのは「反・反原発＝反核」の主張であった。もちろんそれは年来の主張であり、三・一一以降の状況にとくに深く根ざしてはいない。しかし吉本発言は、反原発運動を推進し、そのムードを形成する中軸となっているいわゆる全共闘（団塊）世代の吉本ファンを困惑させるに十分であった。一九六〇年代後半の新左翼運動と呼ばれた学生闘争に多く関わった彼らにとって、〈吉本隆明〉の名は尊敬にしろ反発にしろ一種熱烈な対象だった。いや、彼らより十歳後の私なども、その時代の状況があったればこそ、吉本の著作を食い入るように読んだのである。

週刊誌のインタビューでの吉本の「反・反原発＝反核」主張は、反原発ムードに浮かれる旧来の吉本ファンのみならず、世論の空気にも抗する重大な発言だったと私は思う。人々は吉本の突きつけた強烈な「反《アンチ》」を違和感を覚えつつ無視するか、その著作に親しんできた者たちは、あァまた吉本のそれかといった類の冷笑や微苦笑でやり過ごそうとした。丁度、その時、吉本隆明はその八十七年の生涯を閉じてみせた。「みせた」などとはむろん悪い比喩だが、私にはそう思える。

吉本の「反・反原発＝反核」は、現代の科学技術の進歩の流れは止めることはできないし、また止めるべきでもないという主張（思想）に拠るだけではない。誤解を恐れずにいえば、その年来の主張のなかにはこの思想家が『マチウ書試論』（昭和二十九年）以来一貫して表明してきた、そして『最後の親鸞』（昭和五十一年）において最終的メッセージとして語った宗教批判のモチーフがある。

『マチウ書試論』は新約聖書のマタイ伝を材料にした思想論である。それはマチウ（マタイ）による旧約からの剽窃の書であり、マタイに代表される原始キリスト教団のユダヤ教への近親憎悪の徹底した思想が暗い影のようにその底に凝《かたま》っているという。これはニーチェが使徒パウロ論で指摘したことと基本的に同じであるが、吉本の場合それは二十歳で敗戦をむかえ、昨日まで信じていたものを明日には虚偽として唾棄する人々への嫌悪や、何よりもそのただなかで「信じていた自分」の矛盾に直面せざるをえなかった体験が根底的に加えられている。マタイやパウロのなかで起こったのは「宗教」の改宗や「信仰」の回心などではない。「信」を巡るぎりぎりの矛盾する自己への暗闘であり、それは自己憎悪の臨界点で近親憎悪となり、和解できない世界にあって生きるためにはこの思想の暗さと孤独を引き受けるほかはない。吉本の出発点はここにあり、それは『最後の親鸞』に至って次のような思想的決断（覚悟）として語られる。

《〈わたし〉たちが宗教を信じないのは、宗教的なもののなかに、相対的な存在にすぎないじぶんに眼をつぶったまま、絶対へ跳び超してゆく自己偽瞞をみてしまうからである。〈わたし〉は〈わたし〉が偽瞞に躓くにちがいない瞬間の〈痛み〉に身をゆだねることを拒否する。すると〈わたし〉には、あらゆる宗教的なものを拒否することしかのこされていない》

「宗教的なもの」という言い方が意図的に使われていることに注意しなければならないが、それは当然「思想」とも置き換えられる。これは丸山真男のような戦後知識人の偽瞞だけでなく、晩年の小林秀雄の身の丈にあった「思想」という身体と感性との円満な一致という在り方への強烈な批判にもなっている。そこでは歴史や現実の不可避性に直面したときの、「相対的な存在にすぎないじぶん」つまり憎悪と矛盾を抱え込んだ自分に「眼をつぶ」る偽瞞に躓く。

科学や技術の進歩は決して人類の自然史的な過程ではなく、それは人間の英智と勇気により転換することができる。近代文明のデッドロックに陥ってしまった現代を、新たな知の地平によって切り拓く可能性はある。それはその通りかも知れない。変えることはできるし、変えなければならない。しかし、敗戦という現実にぶつかりながら自己への憎悪と矛盾を捨象し、様々なる戦後的な意匠（思想）に「跳び超してゆく」数多の知識人や文学者の群れに向かって、吉本隆明は宗教批判を倦むことなく繰り返したのだ。それこそが吉本であり、それは思想の果てに立って戦後を生きたこの思想家のただひとつの孤独な信条であった。原発の可否や脱原発運動の政治性にたいしてだけではなく、最後の吉本隆明の「反・反原発＝反核」メッセージは、思想が一瞬にして「宗教的なもの」と化し、それが「時代の空気」と化すことへの根底的批判（批評）ではなかったか。「人間はただ、〈不可避〉にうながされて生きるものだ、と（親鸞は）云っていることになる」。私は『最後の親鸞』のこの言葉を今ゆっくりと噛み締めている。

＊初出　二〇一二（平成二十四）年

三島由紀夫

「絶対」の探求としての言葉と自刃
『豊饒の海』の謎
『英霊の声』と一九八〇年以降の文学
神さすらひたまふ
三島由紀夫と吉田満
三島由紀夫と日本文学史

「絶対」の探求としての言葉と自刃

ダリの「磔刑の基督」

二〇一〇年は三島由紀夫没後四十年ということもあり、三島関連の本が多く刊行された。いくつかの興味深いミシマ本のなかで、楽しくしかも発見に満ちていた一冊は、『三島由紀夫の愛した美術』（宮下規久朗・井上隆史著　新潮社）であった。

三島は自身でも視覚型の作家といっていたように、「目の人」であり、欧米紀行『アポロの杯』ほかの数々の建築・彫刻・絵画についてのエッセイを書いている。『仮面の告白』に象徴的に登場する聖セバスチァンの殉教図は、作家の生涯を貫くオブセッションであり、ガブリエレ・ダンヌツィオの『聖セバスチァンの殉教』の翻訳本まで刊行している。

しかし、今度の本で私が驚いたのは、三島がサルヴァドール・ダリの「磔刑の基督」を高く評価していることだった。ミシマとダリの結びつきも意外だったが、古代ギリシアの美と廃墟を愛し、キリスト教の洗礼を受けなかった青年アンティノウスの像に称賛を惜しまなかった三島が、こともあろうにイエスの磔刑図（宗教画というより、キュビズムの手法で描かれた聖画のパロディであるが）に深く共鳴しているのは知らなかった。

ニューヨークのメトロポリタン美術館でこの絵を目にした印象を記した文章は、昭和三十七年八月に発表された短いものだが、そこでは絵画の全体への正確無比な言及がある。一部を引いてみよう。

《むかしのダリから考えると、ダリがカソリックになって、抹香くさい絵を描くことになろうとは、想像の外であるが、なるほどそう思ってみると、初期のダリに執拗にあらわれる澄明な空の無限のひろがり、広大な背景のパースペクティヴには、いつもその地平の果てから、聖性が顕現せずにはおかない予感のようなものがあった。（中略）この「磔刑の基督」は、刑架がキュビスムの手法で描かれておりキリストも刑架も完全に空中に浮游して、そこに神聖な形而上的空間ともいうべきものを作り出している。左下のマリヤは完全にルネッサンス的手法で描かれ、この対比の見事さと、構図の緊張感は比類がない。又、下方にはおなじみの遠い地平線

が描かれ、夜あけの青い光りが仄《ほの》かにさしそめている。》

ダリ晩年の宗教画はアメリカのパトロンのために描いたということで評価は低いそうだが、他の磔刑図（「十字架の聖ヨハネのキリスト」）もそうだが、それは「宗教」の絵画化ではなく、空間に宙吊りにされる十字架と肉体が、宗教化され歴史に固定化される以前の、むしろ原初のイエスの聖性が、この地上の歴史の現実空間を切り裂いて出現した瞬間を描いているかのように見える。しかし、それはあきらかに「神の死」が宣告された後の、人類が原子核を炸裂させた、二十世紀の虚無の空に浮かぶ逆説的な聖性であり、ニヒリズムと背中合わせの「神聖な形而上的空間」であるが、そうであればこそそこには何かふしぎな圧倒的な力が漲っている。

三島がダリの『磔刑の基督』に垣間見ていた「聖性」は、二・二六事件に材をえた一連の作品（『英霊の声』『憂国』『十日の菊』）に深く相通じるものがあったのではないか。この三作は作家自ら「二・二六事件三部作」として、昭和四十一年六月に『英霊の声』の表題のもとに上梓されるが、「二・二六事件と私」と題したその後記で、三島は「神の死」という言葉を用いている。

《……たしかに二・二六事件の挫折によって、何か偉大な神が死んだのだった。当時十一歳の少年であった私には、それはおぼろげに感じられただけだったが、二十歳の多感な年齢に敗戦に際会したとき、私はその折の神の死の怖ろしい残酷な実感が、十一歳の少年時代に直感したものと、どこかで密接につながっているらしいのを感じた。それがどうつながっているのか、私には久しくわからなかったが、「十日の菊」や「憂国」を私に書かせた衝動のうちに、その黒い影はちらりと姿を現わし、又、定かならぬ形のままに消えて行った。》

短篇『憂国』は昭和三十五年、戯曲『十日の菊』は同三十六年に発表されている。そして天皇の「人間宣言」にたいする激越ともいえる呪詛の声、「などてすめろぎは人間《ひと》となりたまいし」という二・二六事件の青年将校と神風特攻隊の英霊たちの声を能の修羅《しゅら》物《もの》の様式を借りて書いた『英霊の声』は、昭和四十一年に発表された。

『憂国』を著してからおよそ五年間のあいだに、三島はライフワーク『豊饒の海』（昭和四十一年九月より連載開始）を構想し、昭和四十五年十一月二十五日の自刃までの死への疾走ともいうべき時期を準備していく。昭和四十一年はその決定的な転機の年であったと思われるが（本書所収「『豊饒の海』の謎」参照）、その間のことを三島は先程の後記でこのように記している。

《私の精神状態を何と説明したらよかろうか。それは荒廃なのであろうか、それとも昂揚なのであろうか。徐々に、目的を知らぬ憤りと悲しみは私の身内に堆積し、それがやがて二・二六事件の青年将校たちの、あの劇烈な慨《なげ》きに結びつくのは時間の問題であった。なぜなら、二・二六事件は、無意識と意識の間を往復しつつ、この三十年間、たえず私と共にあったからである。》

ここで「二・二六事件」と三島がいっているのは、もちろん昭和十一年の陸軍の青年将校らによる昭和維新の蹶起であり、天皇の大御心に叶うことを願った行動が天皇自身によって斥けられ、挫折し、「叛軍」の汚名を蒙ることになった事件のことであるが、重要なのは、三島自身の「無意識と意識の間を往復」していたのが、天皇を近代的な立憲君主制のうちに位置づけるのではなく、そこに神的存在を見るという精神の志向（二・二六の将校たちはそう志向したと三島は解釈する）のことである。

単行本『英霊の声』は、あきらかに近代日本における「神の死」の神学をテーマにしたものであり、「二・二六事件と私」では、カトリックの熱烈な信仰を持ち、なおかつ「神の死」を体験したフランスの文学者ジョルジュ・バタイユへの強い共感を語っている。つまり、三島が「二・二六事件の挫折によって、何か偉大な神が死んだのだった」というとき、そこで語られ志向されている「神」は、ほとんどキリスト教的・一神教的なＧｏｄに置き換えることができるだろう。

若き三島は『アポロの杯』（二十六歳の折に北米・南米・欧州を巡る海外旅行をしたときの記録であ

り、「眷恋《けんれん》の地」と自ら称したギリシア紀行に多くの頁が割かれている）で、ギリシアの多神教世界の自由さと光輝を賛美してやまなかったが、『金閣寺』（昭和三十一年）以降しだいにその内部の情念に突き動かされるように、相対的・多神教的なものから、むしろ一神教的なものへと転換していくのである。

一神教的命題としての「天皇」

『潮騒』（昭和二十九年）は『ダフニスとクロエ』を意識して、ギリシア的な肉体の充溢と純粋さを現代の寓話として描いた作品であったが、その後も三島は次のようにいっていた。

《古きものを保存し、新らしいものを細大洩らさず包摂し、多くの矛盾に平然と耐え、誇張に陥らず、いかなる宗教的絶対性にも身を委ねず、かかる文化の多神教的状態に身を置いて、平衡を失しない限り、それがそのまま、一個の世界精神を生み出すかもしれないのだ。（中略）とにかくわれわれは、断乎として相対主義に踏み止まらねばならぬ。宗教および政治における、唯一神教的命題を警戒せねばならぬ。》（『小説家の休暇』昭和三十八年　傍点引用者）

おそらく昭和三十年代後半、三島が三十五歳を過ぎたあたりから、自身で「警戒せねばならぬ」

といっていた「唯一神教的命題」の影が、作家の内奥から憤きあがるようにして現れてきたのではないか。それは二・二六事件三部作として、さらに『豊饒の海』第二巻『奔馬』（昭和四十二年）や戯曲『朱雀家の滅亡』（同四十二年）、そして実生活においては「楯の会」の結成（同四十三年）へと具体的に作品と行動において表現化されていく。

後年の三島が、戦後日本の「文化の多神教的状態」を嫌悪し拒絶しようとしたのはあきらかであり、その死によって未完に終った『日本文学小史』では、「一個の世界精神」ではなく、逆に厳格な「一個の文化意志」が日本文学史の根幹として語られている。

そして、三島にとって天皇とは、究極的にはまさに「唯一神教的命題」として顕現してきたのは繰り返すまでもない。しかも、その「神」は「神の死の怖ろしい残酷な実感」によってふちどられ、二・二六事件で処刑された磯部浅一の情念と呪詛や、神風特攻隊の英霊の声々へと木霊して、三島その人を一種異様な力で牽引していったのではないか。

もちろん、いわゆる現人神（現御《あきつみ》神《かみ》）の思想は、キリスト教などの一神的なGodではない。日本人の神《カミ》観念は、本居宣長の「何《ナニ》にまれ　尋常《ヨノツネ》ならずすぐれたる徳《トク》ありて、可畏《カシコ》き物を迦微《カミ》とは云なり」という八百万の神々であり、「唯一神教的命題」とはかけはなれている。日本の神観念は多義的であり、そこでは人間的な要素も入ってくる。超越者としての「神」とはあきらかにちがう。そもそも昭和二十一年元旦の昭和天皇のいわゆる「人間宣言」も、〈神《カミ》〉にして〈人《ヒト》〉

であるという伝統観念からすれば、「神から人へ」ということを特別に強調したとはいえないかもしれない。しかし、占領下において、GHQ指導のもとでこの「詔書」があらわされたのは、人でありながらも神聖をもって君臨される天皇《スメラミコト》の民族的、精神的支柱としての意味を否定しようとしたものであることには変わりはない。

『英霊の声』の、あの英霊たちの声々は、「陛下はずっと人間であらせられた」ことを百も承知で、だからこそ「陛下御自身が、実は人間であったと仰せ出される以上、そのお言葉にいつわりのあろう筈はない」と語る。しかし、その〈人《ヒト》〉であられる陛下は、国家存亡の危機のときに、生命を賭して死んでいった者たちのために、国破れし後にあってこそ、「現御神《あきつみかみ》」としてあってもらいたかった。それはまた天皇のために立ちあがりながらも「反乱」軍として処罰された二・二六事件の青年将校たちの、「天皇」の神聖に希望を託した思いとも重なる。

敗戦の時に二十歳であった三島は、この「神の死」を自己の存在の最も深部において体験したのだ。

三島のダリの「磔刑の基督」の評をそのまま借りていうならば、その初期作品(『盗賊』や『岬にての物語』あるいは十代作品まで含めてもよい)の言葉の地平には、「いつもその地平の果てから、聖性が顕現せずにはおかない予感のようなものがあった」といえよう。

言語による「神」の存在証明

『日本文学小史』とともに、その死によって未完となったエッセイ『小説とは何か』は自決の翌四十六年の一月に『新潮』の臨時増刊号「三島由紀夫読本」に一挙掲載されたが、その文章のなかで、ジョルジュ・バタイユの『聖なる神』という作品集の鮮烈な読後感を三島は印象深く記している。生田耕作訳によるその翻訳を三島は昭和四十五年、自刃の年に読んだのであろう。所収の『マダム・エドワルダ』『わが母』の二作にふれながら、三島が一貫して関心を示し注目するのは「神の出現の瞬間」である。

バタイユは、「自己を超越する」こと、「わが意に反して自己を超越するなにものか」の「存在」を求める。近代的な自我意識と、「神の死」という虚無を現実認識とする他はない人間にとっては（例外なく現代の人間にとってではあるが）、それは「不合理な瞬間」であり、そこには何か異常で過剰なものが介在しなければならない。

バタイユは哲学者として『エロティシズム』の大著もある作家だが、『マダム・エドワルダ』では、デカルト的な理神論的な「神」の存在証明と、娼婦とのあいだに交される猥雑で狂気じみた行為の交錯のなかに、「神の出現の瞬間」を描きとめようとする。

三島は、この言葉によっては到達不可能な事柄を、作家が言葉によって表現していることに瞠目しつつ、次のような説明を加えている。

《この「不合理な瞬間」とは、いうまでもなく、おぞましい神の出現の瞬間である。「けだし戦慄の充実と歓喜のそれとが一致するとき、私たちのうちの存在は、もはや過剰の形でしか残らぬからだ。（中略）過剰のすがた以外に、真理の意味が考えられようか？」つまり、われわれの存在が、形を伴った過不足のないものでありつづけるとき（ギリシア的存在）、神は出現せず、われわれの存在が、現世からはみ出して、現世にはただ、広島の原爆投下のあと石段の上に印された人影のようなものとして残るとき、神が出現するというバタイユの考え方には、キリスト教の典型的な考え方がよくあらわれており、ただそれへの到達の方法として「エロティシズムと苦痛」を極度にまで利用したのがバタイユの独自性なのだ。》

二十代の三島を魅了してやまなかったのは、文学（創作）における古典主義的作法であり、「過不足のない」完璧なフォルムと美の結晶体としてのギリシア的存在であった。『私の遍歴時代』（昭和三十八年）でも、二十六歳の折の世界旅行でのギリシア体験を想起してこういっている。

《私はあこがれのギリシアに在って、終日ただ酔うがごとき心地がしていた。古代ギリシアには「精神」などはなく、肉体と知性の均衡だけがあって、「精神」こそキリスト教のいまわしい発明だ、というのが私の考えであった。》

三島がこの「考え」を変えたわけではあるまい。すなわちギリシアの神殿の廃墟とその上に君臨する青空の美や、ハドリアーヌス皇帝に寵愛されながらエジプト旅行中にナイル河で謎の溺死を遂げたアンティノウスの運命、そうした存在の確かさに象徴される、その「過不足のない」充溢を憧れ愛しつづけたことは容易に想像される。

しかしこのギリシア的存在への果たしえない憧れを、彼自身の内なる運命が突き破り、転回させた。十一歳の少年三島が、はるかに聴いた雪の日の軍靴の響きが、同世代の夥しい仲間もまた散華した戦争の、終わりの日の陽光が、そして、それら一切を虚無と化すような天皇の「人間宣言」が、ギリシア的な安定した多神教的世界の夢の揺籃のなかから、危険で熱狂的な平衡を失した「唯一神教的命題」へと、三島を転回させたのである。

あえていえば、それは多神教から一神教へのコンヴァージョン(回心)といってもいいだろう。しかし、逆説的なのは、それは「神」の存在を信じることによってではなく、「神の死」の苛烈な現実を、身に帯びて知ったことによる回心であった。

自刃という行為の意味

ジョルジュ・バタイユの作品を通して、三島は「神の死」の後の「神」の顕現について語ってみせたのは、すでに紹介した通りである。

《……神が出現するというバタイユの考え方には、キリスト教の典型的な考え方がよくあらわれており、ただそれへの到達の方法として「エロティシズムと苦痛」を極度にまで利用したのがバタイユの独自性なのだ。》

しかし、バタイユのこの「独自性」もまた言語の領域（ぎりぎりの限界への冒険であるとはいえ）にあったのはいうまでもない。

三島が明晰にそして最終的に自覚していたのは、この言葉の限界性であった。『太陽と鉄』は、自裁のプロセスと心理的構造を余すところなく分析したまことに戦慄的なエッセイであるが、そのなかで次のように明言しているのだ。

《私は今さらながら、言葉の真の効用を会得した。言葉が相手にするものこそ、この現在進行形の虚無なのである。いつ訪れるとも知れぬ「絶対」を待つ間《ま》の、いつ終るともしれぬ進行形の虚無こそ、言葉の真の画布なのである（中略）言葉は言われたときが終りであり、書かれたときが終りである。その終りの集積によって、生の連続感の一刻一刻の断絶によって、言葉は何ほどかの力を獲得する。少くとも、「絶対」の医者の待つ間の待合室の白い巨大な壁の、圧倒的な恐怖をいくらか軽減する。》

この「絶対」を、「神」といいかえてもいい。いや、ここではあきらかに神の顕現のことがいわれているのであるが、三島が明瞭に認識していたのは、「言葉」によってその存在を暗示（バタイユ的手法）することは十分に可能であっても、それは「現在進行形の虚無」にたいしては一場の役割しか果たしえないということである。

自裁という行為が決定的な意味を持ちだしたのは、ここにおいてであろう。「神の死」の現実の虚無のなかにおいては、バタイユのいう通り、「過剰のすがた以外」に真理を把握し、神の出現に立ち合うことはできない。「自決」とは自由のマイナス極限で、自己の存在を破壊することであり、その決定的、一回的な欠損の過剰さのなかにこそ「絶対」は到来するであろう。そして遺作『豊饒の海』は、仏教的な相対主義に呑み込まれてゆく、あらゆる歴史と存在を描ききって完結する。

三島の自決が四十年の歳月を経て、今日に至るまで深くおおきな影響と衝撃を与えつづけているのは、三島が自己の存在そのものを、戦後日本社会という虚無の時空のうちに磔刑として吊し、供犠としてささげてみせたからである。そして、われわれは未だにその「死」の深い本質的な宗教性を知らずに（あるいは知ろうともせずに）いるからだ。

三島の死後七年目、『サド侯爵夫人』のフランス語訳とパリでの上演に関わった作家ピエール・ド・マンディアルグは、戦後の仏作家のなかでの最もすぐれた才気ある書き手の一人であるが、仏文学者の三浦信孝氏のインタビューに答えてこう語った。

《現在では、三島はジョルジュ・バタイユに強く惹かれていたとよく言われますが、私には確信はありません。（中略）しかし私の見るところでは、三島はバタイユとはだいぶ違います。彼らの類似点は、彼らに共通する絶対に対する情念であり、生と生の哲学を極限まで、絶対まで追究しようとする情熱ですが、三島は、自分の観念を真の極限にまで、血と死にまで追いつめる実例をわれわれに残した唯一の存在であって、残念ながらバタイユはそうした実例を残したとは到底言えません。》（『海』一九七七年五月号）

三島の文学と行動の総体を一言で射抜くマンディアルグのこの見解は、一神教にたいしてほとんど理解を拒もうとするこの国では、残念ながら聞くことができなかったものなのである。

＊初出　二〇一一（平成二十三）年

『豊饒の海』の謎——昭和四十一年の転機

やはり『豊饒の海』である。

三島作品でひとつ挙げよと問われれば、ライフワークとなった四部作をおいて他にはない。

ジョン・ネイスンは『三島由紀夫——ある評伝』でこういっていた。

《すべてが起ころうとしていたこの五年間に、三島が自己の最重要作と考えていた四部作を書き続けていた事実は忘れられがちである》（野口武彦訳）

昭和四十五年十一月二十五日の市ヶ谷自衛隊での自決に至る、死への疾走がはじまっていた、まさにその時期に、『豊饒の海』は雑誌『新潮』に昭和四十年九月から連載が開始された。

作品の構想自体は、昭和三十八年の秋にまでさかのぼれるようだが、昭和三十七年六月に『風景』という雑誌に載せた「『純文学とは?』その他」という文章で、三島はこう記している。

《私も二、三年すれば四十歳で、そろそろ生涯の計画を立てるべきときが来た。芥川龍之介より長生きをしたと思えば、いい気持だが、もうこうなったら、しゃにむに長生きをしなければならない》

美しく死ぬ夢。「世界が必ず滅びるという確信がなかったら、どうやって生きてゆくことができるだろう」と『鏡子の家』の登場人物はいう。破滅と死こそ、この作家のライトモチーフであったのはいうまでもないが、『金閣寺』でこれを完璧な構図のうちに描きあげた後、三島にとっては言葉は生の虚無を埋めていくための道具へと化していった。

『金閣寺』の主人公は呟く。

《(敗戦は)断じて解放ではなかった。不変のもの、永遠なもの、日常のなかに融け込んでいる仏教的な時間の復活に他ならなかった》

絶対（美）のために死ぬ、というパッションは、この「仏教的な時間」の相対主義のなかに溶かし込まれていく。ボディビルや剣道などで鍛えた自らの肉体が、真に彼自身に出現してくるのは、『金閣寺』や『鏡子の家』以降であり、それと対比し照応するかたちでライフワークの大長篇が構想・執筆されていくのである。

『豊饒の海』は周知のように、仏教とくに唯識哲学をその作品世界の根幹にしている。まさに「仏教的な時間」が、作家のいうこの「世界解釈の小説」のダイナミックな思想的原理となっているのだ。

それは西洋の小説とはまったく異なった物語の展開を可能にするものであるとともに、作品外の作家の生身の現実とも烈しく拮抗し対峙するものとなった。

つまり、生身の三島は、昭和四十二年四月に単身で自衛隊に体験入隊をし、民兵方式による「祖国防衛隊」を構想、それは翌四十三年に「楯の会」として結成される。自決に至る「行動」がはじまったのである。

この行動＝肉体と言葉＝作品との拮抗関係については、『太陽と鉄』においてきわめて分析的かつ告白的に論述されているが、『豊饒の海』の作品世界は、結果的には絶対者（天皇）に向かう生身の三島の行動＝肉体をも、その深い相対主義の時空が呑み込んでいく構成になっていた。

自決直前のインタビュー（『図書新聞』古林尚）に答えて、三島はこう明瞭に語っている。

《……ぼくは、いつも矛盾し対立している概念というものを自分が持っていたい、と考えるようになりました。ぼくは絶対者である天皇が必要だといつも主張していますが、これにしたって、絶対者が君臨していたとしても、芸術のほうは相対的なものだと思っているわけです。天皇陛下という絶対者にたいして、ぼくの小説は、どうしても溶けこめない――この、どうしても到達できないというところにしか、ぼくの芸術は存在できないと思っているんです。（中略）それはいま書いている「豊饒の海」のモティーフでもあるんで、あの作品では絶対的一回的人生というものを、一人一人の主人公はおくっていくんですよね。それが最終的には唯識論哲学の大きな相対主義の中に溶かしこまれてしまって、いずれもニルヴァーナ（涅槃）の中に入るという小説なんです》

『豊饒の海』の各巻の主人公（生れ変り）の絶対的な一回的な生が、最高の相対主義としての「唯識」思想のうちに溶かしこまれていく。

最終巻『天人五衰』は、最初の構想では四人目の生れ変りの主人公・安永透が、転生の時間に乗って「唯識」の深淵へと入っていくことになっていたが、実際に書かれたものは、創作ノートで記されていた「アーラヤ識の権化」として「光明の空へ船出せんとする少年」とは大きく異なる、贋の転生者となっている。四巻を通じての転生の証人であり、認識者である本多繁邦の「自意識の雛型」の醜いものとして、まさに天人の〝五衰〟の相として描かれている。

創作ノートなどで構想されていた結末とは異なるかたちとして、このライフワークは閉じられた。

どうしてそのような事態になったのか。

『豊饒の海』は日露戦争後の時代から、明治、大正そして昭和の戦前・戦後、さらには作者の死後の時間もふくむ日本の近代の歴史を横軸においているが、『春の雪』『奔馬』においては、絶対的な一回的な生をおくる主人公（松枝清顕と飯沼勲という対照的だが明晰な信念と行動力のある人物）を描きえたものの、『暁の寺』の第二部以降すなわち「戦後」の時間に入りはじめてから、そうした人物造型はむずかしくなっていったからではないか。

この大長篇の「世界」を支えている思想を、三島は大乗仏教の唯識論に求めた。人間の知覚としての「識」とそのすべてを包含する「末那《マナ》識」の、さらにその奥に、究極の識としての「阿頼耶《アーラヤ》識」を設定するが、このアーラヤ識こそは、迷界としてのこの現実世界と「相互に依拠」しているとする。世界は存在しなければならない。存在することで、迷界としてのこの世界からの「悟達への道」がひらかれるからだ。

しかし、作品世界が「戦後」の時間に入っていくと、迷界として存在する「現実」が、それ自体がまさに「虚無」化していったのではないか。

アーラヤ識と相互依拠せしめるために、作中に存在させねばならなかったはずの「世界」が、崩壊してしまったのではないのか。『鏡子の家』で描いたのと同じように、存在しているはずの現実世界は、深々とした虚無の海に没して、消滅していったのではないか。

『暁の寺』の後半から、とりわけ『天人五衰』を書くなかで、三島由紀夫は自身のなかの「戦後」世界への抑えがたい空無感のために、言葉で「世界」を存在せしめることの不可能性に逢着してしまったのではないか。

『天人五衰』の最後で、月修寺に赴く本多繁邦は「目に映るものはすべて虚心に見よう」と決心するが、車窓の風景を眺めながら「自分の目が又しても事物の背後へ廻ろうとしているのを感じ」る。


《もしそんなことをはじめれば、再びこの現象世界は崩壊の憂目に会うのだ、あたかも本多の一瞥が穿った穴から崩れ去る堤のように。……何とかして、もう少し、もう少しの辛抱だ、この壊れやすい硝子細工のような繊細きわまる世界を、自分の手の上にそっと載せて護っておかなければ。……》

しかし、『天人五衰』は三島の最初の構想とは反対に、現象世界として「崩壊の憂目」を色濃くしていき、転生の主人公であったはずの安永透は贋物としての姿を無残に晒すことになる。逆説的なのは、作品のなかで消失した戦後「世界」こそ、三島が作家として実人生を生きなければならなかった時間であったということである。『豊饒の海』の後半部にさしかかって、三島は自らの生もまた幻影であったことを悟らざるをえなくなる。それは作家としての三島を、言葉の外へ、すなわち行動＝肉体へと、そしてその帰結としての自裁へと至らしめたのではなかったか。

井上隆史は『三島由紀夫　幻の遺作を読む』（二〇一〇年）で、この『豊饒の海』の顚末を唯識思想との関わりから詳細に分析し、『天人五衰』の結末と、三島の自裁との関係を次のように指摘している。

《すべてが虚無に終わるということは、そこではあらゆる意味が消滅し無化するということだが、『天人五衰』の大破局《カタストロフィー》がそのようなものだとすれば、これに対して現実の時空間における三島自身の死を意味あるものとすることはできないだろうか。そのようにして両者を厳しく対比し、無意味と意味とを拮抗させる。そうすることによって、無意味は一層無意味に、意味は一層の意味へと深まるのではないだろうか》

三島は、まさに『豊饒の海』を書きついでいくことによって、言葉を書き記してきた自己そのものを「絶対的一回的人生」として完結させることで、「最高の相対主義」としての文学世界（芸術）をも完成させようとしたのであり、そのようにしか完成させることができなかったのではないか。

したがってジョン・ネイスンのいい方を借りて、こういってもいい。

「三島が自己の最重要作と考えていた四部作を書き続けていたこの五年間に、すべてが起こったのである」と。

＊

『豊饒の海』の連載を開始した翌年、昭和四十一年は、三島にとっておおきな意味を持つ時期であったと思われる。

この年の六月、二・二六事件の青年将校と特攻隊の英霊による敗戦後の天皇の「人間宣言」を問題化した『英霊の声』を発表する。「などてすめろぎは人間《ひと》となりたまいし」という英霊の嘆きは、激しいリフレーンとなって、戦後の天皇制のみならず、明治以来の近代的・立憲的天皇制の根本的矛盾を突くものであった。

それは日本の西欧化としての近代化にたいする、三島の決定的な「否」であり、昭和四十五年の自決への疾走の開始でもあった。
同じ年、十月に林房雄との対談『対話・日本人論』が刊行される（これは文学論から天皇論、日本論を縦横に論じ、三島の死への決意が行間に溢れる遺言の書である）が、そのなかで次のように語っている。
《明治憲法の発布によって、近代国家としての天皇制国家機構が発足したわけですが、「天皇神聖不可侵」は、天皇の無謬性の宣言でもあり、国学的な信仰的天皇の温存でもあって、僕はここに、九十九パーセントの西欧化に対する、一パーセントの非西欧化のトリデが、「神聖」の名において宣言されていた、と見るわけです》
《僕の天皇に対するイメージは、西欧化への最後のトリデとしての悲劇意志であり、純粋日本の敗北の宿命への洞察力と、そこから何ものかを汲みとろうとする意志の象徴です》
三島がイメージしている「天皇」とは、古代的な神聖を内包したものであり、西欧化を不可避とした明治国家（とその憲法）を突破する日本的革命の「原理」としての天皇であった。そこには当然のことながら「神的」な本質が附与される（この点については拙著『仮面の神学　三島由紀夫論』で詳述したのでここでは繰り返さない）。

『対話・日本人論』では、明治九年に熊本で明治政府の急激な欧米化施政への反抗として挙兵した、神風連（敬神党）の乱への言及が次のような文脈で語られている。

《……純日本人的なものの純粋実験だろうかと考えると、結局、神風連にいっちゃう。あすこにガンジーの糸車があって、かならず敗北するでしょう。それは勝つわけはありません。つまり西欧化のほうが正しいに決まっている。日本の政治として取るべき道は、西欧化以外にあったとは思えない。かならず敗北するのだけれども、そこに純粋性と正当性があって、そういうものがつまり、われわれが日本および日本人といっているものの核になっているのではないか》

神風連はいうまでもなく『奔馬』の前半部でおおくの頁をついやして語られるのであるが、三島がその取材のために熊本に赴いたのも昭和四十一年であった。

八月にドナルド・キーンとともに奈良の大神《おおみわ》神社に三日間参籠し、三光の滝に打たれた三島は、八月二十一日から十日間、京都、広島そして熊本へと旅している。とりわけ熊本では郷土の歴史家で『日本談義』主幹の荒木精之に会い、神風連の事蹟を訪れている。

この熊本の旅は、たんに『奔馬』の取材といった次元にとどまらないものがあったのではないかと思われる。

荒木精之著『神風連実記』にはこうある。

《神風連の志士の精神は師林桜園によって教えられた敬神を第一義としている。「世の中はただ何ごともうちすてて神をいのるぞまことなりける」と桜園はいい、また「神事は本也、人事は未也」といったが、神風連の志士はその教えのままに敬神を第一とした。神を敬うことは皇上を敬うことであった。それは皇上は神裔であり、厳然として現つ神であるという信念からである。神風連が尊王というのは他の多くの志士に見る討幕の反語としてのそれではなく、信念の上に確固とうちたてられた尊王であった。攘夷もまた敬神の具体的な現われであった》

この指摘は大切であり、神風連の志士たちに三島が深い共鳴をおぼえた理由もここにある。つまり、「宇気比《うけひ》」という徹底的に神の命《めい》によることで挙兵に至った神風連の行動は、開国し西洋化（西洋の武器によって富国強兵をなす）することで、西洋列強と対峙し、夷狄《いてき》としての「西洋」に勝利するという明治日本のとった開化の大勢と、決定的に相違する。西洋化＝近代化にたいして、敗北・必敗を覚悟として抗することで、日本の歴史の本源としての神を信じようとするものであった。それは、近代化・世俗化によって「神の死」が不可避となったときに、それに抗うことで神の存在証明をなそうとしたといってよい。

『奔馬』では、作中の「神風連史話」という文章によって、この「神の死」に血と刃をもって抗う志士たちの激烈な姿が活写されている。少し引用しよう。

《剣を奪われては、一党の敬う神を護る手段はなくなるのである。一党はあくまでも神の親兵を以て自ら任じている。神に仕えるには敬虔きわまる神事を以てし、神を護るには雄々しき倭《やまと》心《ごころ》の日本刀を以てする。ここに於て剣が奪われては、新政府によって刻々おとしめられてゆく日本の神々は、力のない、衆愚の信心のよすがになる他はない》

《剣も神々と運命を共にしようとしていた。国土は、神州不滅の光芒を腰間に挟《さしはさ》む益良男《ますらお》の護りに委ねられるものではなくなっていた。（中略）日本刀はサーベルに取って代られ、日本刀は爾今《じこん》その魂を失って、美術品、装飾品として、弄ばれるべき運命にあった》

《太田黒（引用者注・神風連の首領で祠官）の祈念は、斬奸の刃のきらめきと四散する血の幻に彩られた。清く、直く、正しいものは、その血を払った彼方に、遠い海の青い一線のように凝

結しているのである》

日本人というもののコア・パーソナリティー（民族的核心）を何処に求めるのか。古来、外来文化の受容のなかで、とりわけ明治近代化以降に、この問いはひとつのアポリア（困難な課題）となるが、三島は熊本の地にあって、それを神風連の敗北の神学のうちに発見したのである。熊本の桜山神社の境内にある神風連志士列墓を訪れた三島は、そこに並ぶ小さな墓石のひとつひとつを食い入るように眺めていたというが、この墓参こそは昭和四十一年という年の、いや作家の生涯における決定的体験（おそらく霊的な意義もふくむ）であったのではないか。そして、これは『英霊の声』の問題意識と深く通底し、彼自信の自刃の思想と「血の幻」を、確信と行動へと転化させていく。

『奔馬』は昭和維新をめざす青年飯沼勲が主人公になっているが、飯沼の行動とその自刃は、昭和前期に発生したテロリズムやクー・デタ計画のどれとも違っており、「昭和の神風連」という純然たる創作である。村松剛などの証言によれば、三島は構想の段階では、昭和の事件を何らかのモデルにしようとしていたらしいが、結果的には放棄されている。

それは二・二六事件を北一輝のような思想家による「革命」としてではなく、青年将校の一人である磯部浅一の「大御心に待つ」というパッションの心情的純粋さの結晶として見ようとしたことと相通じている。

三島は磯部を中心にして論じた二・二六事件論の『「道義的革命」の論理』で、繰り返して天皇（神）の命《めい》を「待つこと」における道義的革命の意味を語っている。

《二・二六事件はもともと、希望による維新であり、期待による蹶起だった。というのは、義憤は経過しても絶望は経過しない革命であるという意味と共に、蹶起ののちも「大御心に待つ」ことに重きを置いた革命である》

《事件、逮捕、裁判の過程において、いや、事件の渦中においてすら、戒厳令下の維新大詔の渙発を待つた彼らは、待ちつづけた。革命としてははなはだ手ぬるいこの経緯のうちに、私は、道義的革命の本質を見る。というのは、彼らは、待ち、選ばれ、賞讃され、迎えられなければならない、ということを共通に感じている筈だからである》

これは実際の二・二六事件の総体というよりも、三島によって抽出された事件の本質、エッセンスであり、「待つこと」とはそのまま神風連の「神事」の道義性に直結している。ここでも磯部浅一という象徴的な人物を発見することで、三島は二・二六事件の内部に「神の死の神学」の本質を見出そうとしたといってもいいだろう。

『豊饒の海』の第二巻『奔馬』の執筆は、昭和四十二年の二月より始まった。四十一年は、自らのライフワークの作品世界のなかで描こうとした主人公たちの「絶対的一回的人生」が、その作中の次元から、作家自身の生身の人生へと急激にせりあがってきた、その異常な緊張の時間であったと思われる。この年の十二月、三島は国立競技場において早朝、ひとりマラソンの練習をしている。写真に写っているその表情は硬く確固たる意志がにじみ出ているが、同じ頃には楯の会の母体となる青年たちとの出会いがあった。記したように、三島が単身自衛隊に平岡公威の名前で体験入隊するのは翌四十二年の四月十一日から翌月二十七日までであった。

*

もうひとつ、昭和四十一年十月、三島由紀夫は「荒野より」という短篇を『群像』に発表している。これは早朝、仕事を終えて就寝してまもなく、自宅に闖入してきた青年をめぐる小さな事件の話である。書斎へ入った青年と対峙した作家は、灰色の光のなかに立つ背の高い青年の、そのすさまじく蒼ざめた顔に驚くが、彼は暴漢ではなく少し頭のおかしくなった文学青年の気配であった。通報によって駆けつけた警官によって青年は何なく逮捕されるが、彼が作家に残した片言の「本当のことを話して下さい」という意味不明の言葉が、心に残り奇妙に反響し始める。慄えながら自分の書斎に立っていたその青年に、作家は「自分の影がそこに立っているような気がし」てくる。「――一体、あいつはどこから来たのだろう」。そして、ひとつの答えが出てくる。「あいつは私の心から来たのである」と。

《それは私の心の都会を取り囲んでいる広大な荒野である。私の心の一部にはちがいないが、地図には誌されぬ未開拓の荒れ果てた地方である。そこは見渡すかぎり荒涼としており、繁る樹木もなければ生い立つ草花もない。（中略）私はその荒野の所在を知りながら、ついぞ足を向けずにいるが、いつかそこを訪れたことがあり、又いつか再び、訪れなければならぬことを知っている。／明らかに、あいつはその荒野から来たのである。……》

小品ではあるが、この作品は『豊饒の海』の後半部、『天人五衰』の安永透の出現を予感させるものがある。転生の証人であり四巻を貫き生き老いた本多繁邦は、タイの月光姫《ジン・ジャン》の生れ変りと目される十八歳の安永透の肉体に、証拠としての黒子を認めつつも、この少年が自分の「自意識の雛型」であり、「精巧な贋物」であることを看破しているのだ。本多には「少年の内面は本多の内面と瓜二つのように思われる」。転生の物語はここで破綻し、構想された「アーラヤ識の権化」としての少年が、本多の解脱とともに、「光明の空へ船出せんとする」という創作ノートは実現しない。

『豊饒の海』を全身全霊をもって書き続け、作家はその「最高の相対主義」の世界を描きつつ、生身の存在は、絶対者への渇望へと導かれていくことをどうしようもなく感じ取っていたのだろう。安永透は、作家三島由紀夫の〝荒野〟より出現するが、作家自身はその作品世界から飛翔し、「訪れなければならぬ」所へと赴いた。昭和四十一年、三島四十一歳の時に、すでに『豊饒の海』の結末は定まっていたのではないだろうか。

＊初出　二〇一一（平成二十三）年

『英霊の声』と一九八〇年以降の文学

三島文学と村上春樹

三島由紀夫の『英霊の声』は、三島の生涯の大きな転換点を作った作品であることは言うまでもないが、同時に一九七〇年以降の、つまり、三島自決以降の現代日本文学にどのような影響を与えたのだろうか。一九七九年に『風の歌を聴け』でデビューした村上春樹は一九八〇年代以降の現代文学を一貫してリードしてきた。村上作品には直接、三島文学の影響を見ることはできないが、『一九七三年のピンボール』『世界の終わりとハードボイルド・ワンダーランド』、さらには『ねじまき鳥クロニクル』などの主要な村上作品の背後には、一九六六年の五月に発表された『英霊の声』が問うた日本の近代化＝西洋化のもたらした「空虚」の現実が色濃く反映されている。

『ねじまき鳥クロニクル』は、第一部「泥棒かささぎ編」、第二部「予言する鳥編」が一九九四年四月に刊行された。この二冊だけで六百ページ近い大作である。翌九五年の八月に第三部「鳥刺し男編」が刊行され、三部作として完結した。全部で千ページを超える長篇である。この一、二部と三部との間には一九九五年三月二十日のオウム真理教による地下鉄サリン事件という無差別テロが起こっている。村上がこの長篇でテーマにした「暴力と無感覚の問題」はむしろこのサリン事件が現実の側から追体験したと言ってよい。

『ねじまき鳥クロニクル』は、一九八四年の六月から始まる。法律事務所を辞めて、人生の休日を楽しんでいる三十歳の主人公「僕」。平和な、何ということもない凡庸な一日。時計はカチカチと時をきざみ、世界はその刻々の時にしたがうように、ゆっくりと前に進んでいる。それは永久にこわれることのない、時計のような日常の時間だ。しかし、もしその永久時計が、「ぜんまい式」のものであったら。ぜんまいは、あるところでピタリと停止する。二度と動かなくなる。誰かがもう一度、巻くことをしなければ。そんなふうに、もしこの世界が、永久に動き進んでいると誰も疑わなかった世界が、ピタリと止まったとしたら。

ねじまき鳥が巻いている「世界のねじ」という作家の一つのビジョンは、八〇年代以降のポストモダンといわれる現実の比喩である。複雑多様な文明社会が、驚くほど容易にある事柄によって崩壊する。平和な豊かな日常が薄い透明な破れやすいガラス板の上に乗っかっていて、それがちょっとしたことによって一挙に破壊される。絶対的な価値を喪失した人間と社会は、歴史の持続を信じることが出来ず、また、未来を確かなものとして構想することができない。こうした近代世界のニヒリズムは、三島由紀夫がすでに『鏡子の家』で描き出したものであった。三島はこの長篇で「戦後の日本のニヒリズムを壁画のように描く」と言っていたが、この作品は当時、十分に日本の文壇で理解されなかった。『英霊の声』は、この戦後のニヒリズムと絶対者の喪失という現実に対する三島の挑戦であった。村上春樹は、ポストモダン時代の作家として、三島のこの二つの作品、すなわち『鏡子の家』と『英霊の声』の遠いこだまを常に受けてきているように思われる。「世界の終わり」という一種の疑似終末論的な発想、世界を巻く「ねじ」という空虚な文明社会の隠喩、いずれも三島的問題の新たな展開の一端である。

『ねじまき鳥クロニクル』では、一九三八年の満州蒙古国地帯の戦争のシーンが鮮烈に描かれている。作中ではノモンハンの戦闘を体験した間宮という老人が「僕」にその戦争体験とシベリヤの収容所体験を話す。かつて満州で日本人の将校がロシア兵と蒙古人によって皮剝ぎの拷問をうけ殺されるのを目の当りにした話がある。間宮老人は、外蒙古の砂漠の深い井戸に突き落とされたときの「無感覚」について、こう語る。

《私があなたにお伝えしたかったのは、私の本当の人生というのはおそらく、あの外蒙古の砂漠にある深い井戸の中で終わってしまったのだろうということなのです。私はあの井戸の底の、一日のうちに十秒か十五秒だけ射しこんでくる強烈な光の中で、生命の核のようなものをすっかり焼きつくしてしまったような気がするのです。あの光は、私にとってはそれくらいに神秘的なものでした。うまく説明することができないのですが、ありのまま正直に申し上げまして、それ以来私は何を目にしても、何を経験しても、心の底では何も感じなくなってしまったのです。ソビエト軍の大戦車部隊を前にしたときでさえ、あるいはこの左手を失ったときでさえ、地獄のようなシベリアの収容所にいたときでさえ、私はある種の無感覚の中にいました。変な話ですが、私にはそんなことはもうどうでもよかったのです。わたしの中のある何かはもう既に死んでいたのです》

この「無感覚」は、戦争という暴力によって作り出されたものだが、同時にそれは「平和」という名の収容所としての「戦後日本」のニヒリズム感覚にも相通ずる。村上春樹がデビュー作以来一貫して繰り返してきたのは、「何かがすでに終わっている」という喪失感であった。三島は、この戦後的（それはもちろん明治維新以降の日本の近代化＝西洋化に始まるものである）な喪失感に対峙しつつ、『英霊の声』において「天皇」を「神」として問うことからそのニヒリズムの克服、言い換えれば「近代の超克」をなした。三島にとって「天皇」は一神教的なＧｏｄに近い存在であり、天皇の人間宣言がまさにそこで苛烈に問われたのである。二・二六事件の青年将校と特攻隊の「英霊」を自らの作品の言葉の力となしえた三島は、そのことによってあの昭和四十五年十一月二十五日の自決まで一挙に疾走した。ライフワーク『豊饒の海』最終巻『天人五衰』が作家自身の死後の時間を描いていることは忘れられてはならない。つまり、そこでは一九七〇年以降の村上春樹が登場してくるポストモダン的時空間が予告的に描かれているからである。

三島由紀夫は、『英霊の声』によって「天皇」という絶対者を発見し、それを戦後の歴史の中にいわば引きずり出してきた。そして、その絶対者を「待つこと」によってニヒリズムを超克する道を示した。「待つこと」は、晩年の三島の文学と行動のキーワードである。三島が論文『「道義的革命」の論理』で語っていたことも「待つこと」の希望であった。二・二六事件の本質にあるものを、三島は「待つこと」であると言った。「大御心」を待つことによる熱烈な希望の革命。

サミュエル・ベケットの『ゴドーを待ちながら』では、二人の男が神を待っているが、ついに神はやってこない。それは、到来しない神を待つことの逆説的現実をアイロニカルに描いたものであった。三島は「ベケットのこの作品は認められない、神はやって来なければならない」と安部公房に語ったことがあったが、まさに三島の『英霊の声』は、「神の到来」を希望し熱烈に期待し、物語ることによって、言霊の力によって、歴史を動かそうとした野心的作品であった。

村上春樹の作品世界には、このような「神の到来」を描く一切の契機がすでに失われている。「ねじまき鳥クロニクル』以降の村上作品は、グローバリズムという奇妙に拡散した文明社会のニヒリズム状況の中で消費され続けている。三島的問題意識を内包しながら、一九七九年に作家的出発を遂げた村上春樹は、すでにその文学の内的な根拠を失ってしまったように思われる。

辻井喬『わたつみ　三部作』と『英霊の声』

三島由紀夫の生前の友人の一人でもあり、西武百貨店などの事業家として一九七〇年代以降の日本の消費文化、カルチャーの商品化に大きな力をふるった堤清二は、周知のように詩人・作家としても活躍してきた。一九五五年に第一詩集『不確かな朝』を辻井喬のペンネームで刊行して以来、その文学活動が次第に注目されるようになったが、一九九二年の『群青、わが黙示』、九七年『南冥・旅の終り』、九九年『わたつみ・しあわせな日日』は、辻井喬の代表的な詩作である。

この三冊の詩集は作者六十六歳から七十二歳の円熟期に書かれた。そして、二〇〇一年八月に、『わたつみ　三部作』として一冊にまとめられた。冷戦が終焉し、世界が文字通りグローバル化して、金融資本主義が国家を超えて席巻していた時代の中で、作者自身が生きてきた昭和という時代を巨大な壁画として、詩作品に記そうとした野心的な試みであった。『群青、わが黙示』の後記で作者はこう記している。

《この期間（注・昭和の時代）、昭和天皇が在位していたので、ひとつの時代のように考えられているが、実際は明治中期から勢力を強めてきた国粋主義の風潮がことさら盛んだった最初の二十年間と、敗戦によって近代国民国家の体をなさなくなってからの四十二年の、大部分は経済の高度成長期でもあった歳月との間には異質の時代が流れている。したがって、この期間一人の天皇がいたことの方が異例と言うべきだろう》

ここに『わたつみ　三部作』の核心が語られている。つまり、大東亜戦争で死んだ夥しい死者たちへのレクイエムを戦後の「経済の高度成長期」を自らも経済人として参加することで生きた世代の日本人として、詩の表現においていかになし得るかという問題である。そして、戦後半世紀を生きてきたものが鎮魂の歌を記そうとしたとき、その不可能性に逢着せざるを得ないということである。レクイエムの不可能性。それは昭和という「期間」の中で「一人の天皇がいたことの方が異例と言うべきだろう」という言葉の中にある。つまり、三島が『英霊の声』で問うたのと同じ問題、戦後の日本に「神」が存在しないということに他ならない。『群青、わが黙示』の中の「自死」の一節に次のような言葉がある。

《敗北をごまかす一番の方法は勝った相手にいち早く同化してしまうこと

交易から戻った商人たちは／いまでも時おりとおい国で起った事件の模様を語るが／どこかで鳴っている鐘に耳をふさいで／谷から谷へ／峠から峠へ　あがる烽火に目を閉じて／醜い姿だって闇夜にはまぎれると　機が熟するのを待つ
「この葦原の中つ国は天つ神の御子の命のまにまに献らむ」と国と引替えに祭られることを求めた古文書は読み替えられまつりは文化国家の行事へと変質した
わが美わしの遠つ祖よ／むかしから神はお隠れになるのが上手だった／隠国《こもりく》はその本場で／出雲にはいつも雲が湧いて言葉を創る詐術を隠した／そんな時でも／一枚の布のような闇をめくれば／夜の太腿には宴の刺青が彫ってあった

沖を台風が通りすぎた朝／空の宝石箱はひっくり返らず／つかの間の希望が気まぐれな旅への誘いを贈ってよこした／ただ言葉が失われていたから／鳥は啼く　あづまのようにではなく／ギヨッ　ギヨッ　ギヨ》

この詩集は、T・S・エリオットの『荒地』を本歌取りしているというが、実は三島由紀夫の『英霊の声』の本歌取りでもある。三島が戦前・戦後を一貫して「天皇」として生きてこられた昭和天皇の「異例」さに対する奥深い懐疑を『英霊の声』で書いたのは言うまでもない。敗戦によって決定的に分断された昭和という時代の二つの「異質な時間」の中で、その「天皇」は同じ天皇であったのか。昭和二十一年元旦のいわゆる天皇の「人間宣言」は政治の問題としてではなく、祖国の「神」はどこへ行ったのか、という民族の霊性の問題であった。「などてすめろぎは人間《ひと》となりたまいし」との英霊たちの声々の怨嗟を、『英霊の声』は言語化し得た。それは三島という文学者の才能によるだけではなく、昭和という時代が未だ死者たちの生々しい記憶を保持していたからだ。

しかし、一九七〇年の三島の自決以降、昭和史はまたもう一つの「異質な時間」に突入していったのだ。村上春樹の作品で指摘した「ポストモダンの抽象化された時間」であり、「おいしい生活」と「無印良品」というコトバに象徴される大量消費社会の時代である。三島をはじめとした戦後文学の作家たちの時代は終焉し、戦後の詩を牽引した鮎川信夫らの『荒地』グループの詩業はすでに歴史の一ページの中に隠蔽された。そのような時、辻井喬が三島や戦後詩の記憶を共有しつつ、いや共有しているがゆえに『わたつみ　三部作』を世に問うたのである。

『わたつみ・しあわせな日々』のあとがきで、辻井喬はこの三部作を長篇詩の主題は「いま私たちはどこにいるのか、何故、いるのか、ということであった」と記している。また、その「主人公は生き残ったことで死んだ男である」とも記している。さらに、ベケットの『ゴドーを待ちながら』の二人の男は、神を待っているが「死んだ男は神を待っていていいのだろうか、その資格はあるのだろうか」と問う。そして、「どうやら私は神を探しに行かなければならないようなのだが」とも記している。この長篇詩は、その意味で、昭和史とそこに重なる詩人・実業家の自分史を通しての「捜神の旅」なのである。

詩人は「わたつみ」とは「私たちを取り巻く時間という海の総称にほかならない」という。その「わたつみ」からどのようにして英霊の声を聴くことができるのか。

《耳を傾ければ／ずっと涯の土地で記憶が滴っている音が聞える／海がすこしずつ落ちてゆくのだろうか／それとも光がこぼれているのか／逃げてゆく記憶に向って／もう五十年が経ったのだから／過ぎ去るものは漏刻の響きにまかせる方がいい／無理に引きとめようとはせずに／いずれそのなかに私も入っていく／その日のために》（『わたつみ・しあわせな日日』）

この詩集の翌年、辻井喬は小説『父の肖像』の連載を始めた。堤清二の父である実業家・堤康次郎を描くことは、辻井喬にとっての避けて通ることのできない宿命であった。実業家としてのその生涯、政治家としての父の姿、そして作者自身との血の絆、葛藤と相克を描くことはただ父親の人生的評伝ではなかった。そこではむしろ実父を余すところなく描くことで日本人にとっての「父性」原理の問題に挑むことであった。

江藤淳が評論『成熟と喪失』(一九六八年)で、論じた「第三の新人」の文学を通して指摘した問題——戦後の日本人が自らの内に「父」を持ちえず、「父」の背後に超越的な「天」を視る感覚を徹底的に欠落させてきたという精神の問題である。

江藤淳は、「第三の新人」たちが《昭和三十年代の産業化がもたらした具体的な解体現象をとらえ得ても、その先にある問題を、つまり内にも外にも「父」を喪った者がどうして生きつづけられるかという問題をとらえ得ていない》と指摘した。

この「父」の喪失は、三島由紀夫が『英霊の声』で問うた「神」の不在、さらに小説『絹と明察』で描いた日本的な家族主義と父性の問題にも深くかかわることは言うまでもない。「第三の新人」のさらに後の世代にあたる辻井喬にとって、かくして「父」を描くことは『わたつみ　三部作』において、詩人が逢着した「捜神の旅」に他ならなかった。一九六〇代の日本の産業化を経て、一九八〇年代の日本の大量消費社会化を経て、そこに深く関わった詩人は、『英霊の声』のこだまを聴きながら、この長篇詩を書き、また『父の肖像』を書いたのではないだろうか。

言葉の不可能性を超えて

一九八〇年代前半は日本経済がその高度成長によってアメリカの資産を次々に買収していく現実をもたらしたが、八五年にプラザ合意、そしてその後の日米構造協議、九〇年代のアメリカの

「年次改革要望書」による日本国内の構造改革の嵐などによって、日本の社会と日本人の生活は大きく変化せざるを得なくなった。昭和の時代が終わり、平成の世に入ってからの二十年間は、様々なアメリカからの要求に従うことで、日本人の生活のみならず、精神の深部までも変化を余儀なくされた。文学の言葉も力を失い、カルチャーからサブカルチャーへと転落していった。そのような中で、三島由紀夫は一時期「空虚なビジョン」を体現したパフォマーとしてポストモダン的に持ち上げられもしたが、それもまた一時的な流行現象に過ぎなかった。そのポストモダン現象自体が、相対主義の泥沼をもたらし、人間が生きるべき価値とする絶対者の無前提な喪失をもたらしたのであれば、今日改めて問われなければならないのは、三島が『英霊の声』などで根底的に問題にした日本人にとっての「神」＝「父性」の問題であろう。

一九八〇年代以降の日本の現代文学では、ここで取り上げた村上春樹と辻井喬の他に、紀州の被差別部落を小説的主題として書き続けた中上健次の名前を挙げなければならない。中上が『岬』で芥川賞を受賞し、天皇制の背後にあり、かつそれを聖と俗の緊張関係の中で支えた「路地」（部落民）のテーマを書き続けることは、当然のことながら、『英霊の声』の背後の問題に深く関わることになった。しかし、八〇年代以降の新たな産業化と消費社会の到来、そして都市と地方との画一化の波の中で、中上のよって立つべき言葉の地盤であった「路地」は、現実的に消滅した。『千年の愉楽』は中上作品の頂点であり、『地の果て　至上の時』は、「路地」の消滅を描くことで作家の言葉の源泉の喪失を描いた作品であった。ここでもまた「神」は死んだのである。

三島由紀夫の『英霊の声』以降の作品とその行動は、一九八〇年代以降の文学が陥った言葉の様々な領域での不可能性を暗示するとともに、その不可能性をいかにして乗り越えるかという問題への鋭い光をなおも投げかけ続けている。

＊初出　二〇〇九（平成二十一）年

神さすらひたまふ——天皇と三島由紀夫

一

昭和六十四年一月七日、昭和天皇は八十七歳で崩御した。歴代天皇のなかでも最も長い在位（六十二年と十四日）であった。

崩御の後、私は三島の遺した言葉をあらためて読み返した。とくにその天皇観をもう一度考え直したいと思い『文化防衛論』を再読した。

政治概念としての天皇ではなく、文化の全体を代表する文化概念の天皇を「窮極の価値自体《ヴェルト・アン・ジツヒ》」とする『文化防衛論』の論旨そのものは明快であり、そこでは天皇制の歴史（大嘗祭などの）からみちびき出された日本文化論が間然とするところなく展開されている。しかし、それは三島由紀夫の天皇観の一部であり、その自決の衝撃からすればあまり本質的なものではないように思われた。

「文化概念の天皇制」という三島の論にたいする橋川文三の反論――近代国家の論理からすれば天皇と軍隊を直結することは、共産革命防止のための政策論としては有効だが、そのとき文化概念としての天皇は政治概念としての天皇にすりかわる、という議論も今日から見れば一面的である。

いずれにせよ「文化概念としての天皇」と「政治概念としての天皇」という二分法の文脈にこだわるべき理由は見つからない。

三島の一連の天皇論を読み返して、私があらためて注目したのは『「道義的革命」の論理』である。いうまでもなく、これは二・二六事件の主謀者の一人、磯部浅一の遺稿をめぐってのエッセーである。だが、たんに磯部という人物論にとどまらない。私は『文化防衛論』よりも、むしろこのさして長くはない『「道義的革命」の論理』に、三島由紀夫の天皇観のエッセンスを見る。『「道義的革命」の論理』で三島がくりかえし語っているのは、「待つこと」である。

《二・二六事件はもともと、希望による維新であり、期待による蹶起だった。というのは、義憤は経過しても絶望は経過しない革命であるという意味と共に、蹶起ののちも「大御心に待つ」

ことに重きを置いた革命であるという意味である》

《……昭和維新はその積極面においても消極面においても、明治維新と根本的にちがっていた。明治維新は、これほどに切なく「待つこと」はなく、又、一方、その指導理念が、北一輝のそれほど暗い否定に陥ったことは一度もなかった》

《事件、逮捕、裁判の過程において、いや、事件の渦中においてすら、戒厳令下の維新大詔の渙発を待った彼らは、待ちつづけた。革命としてははなはだ手ぬるいこの経緯のうちに、私は、道義的革命の本質を見る。というのは、彼らは、待ち、選ばれ、賞讃され、迎えられなければならない、ということを共通に感じている筈だからである》

二・二六事件の本質に横たわっている、この「待つこと」、それをもっとも象徴的に体現している男こそ磯部一等主計である、と三島はとらえる。三島がここでいっている「道義的革命」とは、政治的な有効性をはじめから放棄した、すなわち権力を自らのものとすることを放棄した行動（革命）である。しかし、現実に起った二・二六事件が、はたして三島がいうような「道義的革命」であったかどうかは疑わしい。三島は、むしろ磯部浅一という一人の人物を通して、二・

二六事件から「待つこと」という理念を抽出しているといった方が正確だろう。そして、おそらく、この「待つ」（warten）という態度のなかにこそ、三島由紀夫の天皇の神学をつくりなしている根幹があるように思われる。

だが、そこにふれるまえに三島の磯部浅一観を見ておこう。磯部の遺稿があらわにしているのは、「この『待つこと』と『癒しがたい楽天主義』とが、事件の力学と個人の情念とを一つなぎにして、無気味なまでに相接着している」ところである、と三島はいう。自刃に一貫して反対していた磯部は、軍司法権に望みをつないで、事件の望ましい解決へこぎつける可能性を信じた。同志の刑死の後も、彼はなお「大御心」に希望をつなぐ。三島は磯部の「……軍部や元老重臣が吾々を殺さうとした所で、日本には陛下がをられる　陛下は神様で決して正義の士をムザ〳〵殺される様な事はない　又、日本は神国だ　神様が余等を守って下さる、と云ふ余の平素の信念がムク〳〵と起つて来て、決して死刑される気がしなくなつたのだ」という遺稿の一節を引用して、希望的観測がすべてうらぎられても、なお「正義の神」の救済を信ずる、この男の「癒しがたい楽天主義」に深甚な関心をよせる。三島は「私の年来の人間観をもう一度検証してみようという気を起させたのはこの問題である」とまで書いている。

「待つこと」と「癒しがたい楽天主義」が、ひとつの情念のなかでわかちがたくつながり結合している磯部浅一とは何者なのか。そもそも「待つこと」とは一体何なのか。ここまでくれば、三島由紀夫は二・二六事件という〝事件〟の現実次元をはるかに超えたところまで来ているのはあきらかだろう。
三島が、磯部という「癒しがたい楽天主義」者の内奥から引き出してくるもの、それは行為としての「希望」、実在としての「希望」という形態である。

《私には、事態が最悪の状況に立ち至ったとき、人間に残されたものは想像力による抵抗だけであり、それこそは「最後の楽天主義」の英雄的根拠だと思われる。そのとき単なる希望も一つの行為になり、ついには実在となる。なぜなら、悔恨を勘定に入れる余地のない希望とは、人間精神の最後の自由の証左だからだ。磯部の遺稿は、絶望を経過しない革命の末路にふさわしく、最後まで希望に溢れて、首尾一貫している。それこそは実践家の資格である》

三島由紀夫が磯部浅一の根本に、そして二・二六事件の本質に見出そうとしたのは、この「人間精神の最後の自由の証左」としての「希望」であった。その「希望」とは感情でもなければ、理念でも信念でもない。それはまさに行為であり、実在である。くりかえすが、それは二・二六事件から三島が抽出してきたものであり、いいかえれば三島自身が求めようとした行動の原理、「武」の原理であったといってもよい。「待つこと」は、この「希望」によって支えられ、それがために精神の閑暇でも休息でも怠惰でもない、真に能動的な、実践的な、アクチュアリティを帯びるのである。三島が『太陽と鉄』のなかで語ってみせた「絶対」は、この行為としての、実在としての「希望」のなかでこそ待たれなければならない。したがって、この絶望や悔恨をふくむことなく、ただ終始一貫して「希望」のなかで「大御心を待つ」という態度には、いかなるニヒリズムも入りこむ余地はない。そこに在るのは、空虚ではなくむしろ充溢である。

私は先ほど三島由紀夫の天皇の神学といったが、ある意味では三島はここで無意識のうちに文字通り「神学」的な思考に近づいているともいえるのである。ここでいう「神学」的思考とは、ヒューマニズム化した近代的なキリスト教（宗教）ではなく、たとえばイエス・キリストの再臨を「待ちつつ急ぎつつ」というプラクティカルな、実践家の姿勢で受けとめようとしたブルームハルトのような神学のことである。二十世紀のプロテスタントの最大の神学者であるカール・バルトに、近代主義キリスト教の超克をなさしめた先駆者として、ブルームハルト父子は有名である。父ブルームハルト（一八〇五年〜八〇年）の神の国を待望する終末論的な信仰を、子クリストフ・ブルームハルト（一八四二年〜一九一九年）は受け継ぎ、啓蒙主義や近代主義的な思想を乗り越えていく道を示したのである。

文芸批評家から、日本でカール・バルトの神学の翻訳・紹介者となった井上良雄は、父ブルームハルトの「待ちつつ急ぎつつ」という根本的姿勢を次のように紹介している。

《「待つこと」と「急ぐこと」は、互いにどのように調和するか。この場合、「待つこと」の方が「急ぐこと」に先行する。われわれが主の来臨を開始することはできず、主の来臨の日は、まったく主の御手の中にあるのだから、われわれは先ずもって、その日を待たなければならない。しかし、その場合、われわれは、主の到来に対する準備が急を要するかのように――待つことと主の実際の到来の間に何の間隙もないかのように、待たなければならない。待つ者は、いつも、主が日ごとに来られるかも知れないということを、考えていなくてはならない。したがって、たとえ来臨の時が遅延しても、忍耐して待たなければならないと同時に、自分はもう安心だとは思わないという、急ぐ姿勢が必要である。したがって、主の到来の時を計算するということほど、間違ったことはない。それは、急ぐ姿勢を排除し、待つ姿勢を破壊してしまう。――「待つこと」と同様に、キリストの到来に向かって「急ぐこと」も、われわれのキリスト者としての生き様《ざま》全体に、独特の方向性を与える。ペテロは、それを、「潔き行状と敬度とをもて」（Ⅱペテロ三・一二）と言う。そのような方向性を持たぬ者は、一切が旧態依然とした状態で続くかのように生き、無関心に陥る。そして、世界歴史がそのような目で眺められる場合には、同様のことが、もっと大規模に起こる。それに対して、終りの日を思う者は（しかも、その日に向かって急ぐかのように、終りの日を身近なものとして思う者は）、無気力な霊的怠惰や無関心や呑気さから守られる。急ぐ者として、われわれは、一切を、そのようなことを思わぬ人とはまったく違った目で眺める。われわれは、この世におけるすべての偉大なもの、生起するすべての力強いものに、無際限の価値を与えることはできない。われわれは、一切を、一層平静にまた気楽に眺める。「泣く者は泣かぬがごとく、喜ぶ者は喜ばぬがごとく……」（Iコリント七・三〇）その結果、われわれは、何事にも過度に巻き込まれることがなく、無我夢中になることがない。過度の感激や悲しみに、我を忘れることがない。何事にも、過度の興奮や偶像崇拝的な態度で没頭することがない。そして、最大の苦痛をも越えたかなたを、見ることができる。心は、主が来たり給うということだけに固着する。彼が速やかに来たり給うことを渇望しつつ。……》（『神の国の証人ブルームハルト父子』）

ここには原始キリスト教団以来の、キリスト教の終末論の根本的な在り方が示されている。三島由紀夫が二・二六事件と磯部浅一から抽出する「待つこと」の思想は、このような「神学」的思考とクロスするといっても決して過言ではない。むろん、そこで「待つこと」の対象となっているのはキリストの来臨ではなく、「現人神」であり「大御心」であるが、そこに共通するものはあえていえば「癒しがたい楽天主義」であり、「一つの行為になり、ついには実在」にまで化した「希望」の形態にほかならない。

三島由紀夫が二・二六事件と磯部浅一という人物の深淵から――「昭和の歴史において、もっともアナーキーな、もっとも天空海濶な数時間」、その「鮮血によって洗われた雲間の青空」から摑みとってきたものこそ、この実在としての「希望」の能動性ではなかったか。そして、そのことは以後の三島の運命を決したのではなかったか。

ところで、三島は『「道義的革命」の論理』でこう記している。

《それにしても絶体絶命の状況における希望と楽天主義は、生命の生理学的反応にすぎないのか、それとも生理学的生命の原理に反して生きようとする精神の反作用なのか。磯部はこの間題を、生命＝肉体＝正義という、独特の受肉の思想で切り抜けている。彼自身が正義の肉化なのであるから、彼を滅ぼしたら、この世の中にはもはや正義の代替物はなくなるのであり、従って、論理的に言って彼が殺されることはありえない。自分の個の生命は滅びても、日本という全体の生命は滅びないという常識的な国家観を、磯部はそこで踏み破っている。このとき、磯部が「大御心」の救済と神の救済を待ったのは必然的である。なぜなら、ゾルレンの国家像はついに崩壊し、ザインの悪によって完全に包囲され、追いつめられ、ゾルレンは最高度に純化されると共に、絶対的に孤立して、磯部の個的存在それ自体と完全に重複したのであるから、ゾルレンの究極の像であり、且つその玉体と神とは一体不二なる天皇と、磯部はもはや一体化している筈である。磯部は自ら神となった。神が神自身を滅ぼすとは論理的矛盾である。神はその形代《かたしろ》を救済しなければならない。

しかし、このように、個にして同時に全体であるような、肉体と思想の究極の結合状態において、彼が希望したような救済はありうるだろうか。彼はその肉体の不死の信念を、現人神信仰からこそ学んだにちがいないからである。

そのとき実は無意識に、彼は自刃の思想に近づいていたのではないか、と私は考えている。天皇と一体化することにより、天皇から齎らされる不死の根拠とは、自刃に他ならないからであり、キリスト教神学の神が単に人間の魂を救済するのとはちがって、現人神は、自刃する魂＝肉体の総体を、その生命自体を救済するであろうからである。

しかし、昭和十一年九月以降の磯部のありうべき遺稿は、ことごとく湮滅されて、今はその後の心境の変化を知りうべくもない》（傍点引用者）

最後の一節からもあきらかなように、これは三島の推論であり、さらにいえば三島由紀夫自身が、これを書いて後、四年間のあいだにたどって行った、自分の向かう方向への予感でありその覚書きである。

ここで興味深いのは、三島が「キリスト教神学の神が単に人間の魂を救済するのとはちがって、現人神は、自刃する魂＝肉体の総体を、その生命自体を救済する」と断言している個所である。三島がいっている「単に人間の魂を救済する」キリスト教とは、再臨待望の現実性を失った、地上化され内面化された愛と救済の〝宗教〟としての近代キリスト教であろう。ブルームハルトのように再臨待望を信仰の根源としたキリスト教神学は、むしろ「魂＝肉体の総体を、その生命自体を救済する」ものであることはいうまでもない。つまり、三島由紀夫はここでほとんど無意識のうちに、カール・バルトが『十九世紀のプロテスタント神学』のなかで、父ブルームハルトについて語った「希望の神学」の位相にも近いところに立っていたように思われる。三島にとって「天皇」とは、「現人神」とは、何よりもこの希望の思想の源泉としてイメージされていたのではないか。

しかし、キリスト教的終末論の思想をもたない、再臨思想をもつことのない「現人神信仰」においては、三島が磯部の自刃への宿命の道筋を正確に語っているように、自死の思想に行きつくほかにはない。

三島由紀夫が磯部浅一にさながら自己を同化するようにして、その自死の思想を語ったとき、四年後の彼自身の死はすでに決定されていたといってよい。いいかえれば、三島由紀夫がつくりあげようとした天皇の神学の帰結点は、『太陽と鉄』のなかで語られる「もう一つの太陽」、異様なかがやきを放つ「死の太陽」なのだ。だが、それは決して空虚とか不毛とかイロニーといったネガティプな言葉で語られるべきものではない。それはあくまでも実在としての「希望」によってつらぬかれたものだからである。

二

《われわれは四年待った。最後の一年は熱烈に待った。もう待てぬ。自ら冒瀆する者を待つわけには行かぬ。しかしあと三十分、最後の三十分待とう。共に起って義のために共に死ぬのだ。／日本を日本の真姿に戻して、そこで死ぬのだ。生命尊重のみで、魂は死んでもよいのか》

四年後、この檄文を記して三島は自決した。この最後の文章のなかにあらわれているのも、また、「待つこと」の思想である。つまり、三島はその最後の一瞬まで、「待つこと」の「希望」を捨てることはなかったのではないか。三島由紀夫にとって天皇とは、いわゆる天皇制から考えられるべきではなく、「希望の神学」の仮構された絶対神ではなかったか。三島は「天皇は西欧化への最後のトリデだ」と語ったが、三島の天皇観はまさに一神教的である。

ところで、三島のこの「希望」ということについて言及したのは、私の知るかぎりでは小林秀雄ただ一人である。昭和四十六年『諸君！』七月号に載った江藤淳との対談で、三島についてのこんなやりとりがある。

《**江藤**　僕の印象を申し上げますと、三島事件はむしろ非常に合理的、かつ人工的な感じが強くて、今にいたるまであまりリアリティが感じられません。吉田松陰とはだいぶちがうと思います。たいした歴史の事件だなどとは思えないし、いわんや歴史を進展させているなどとはまったく思えませんね。

小林　いえ。ぜんぜんそうではない。三島は、ずいぶん希望したでしょう。松陰もいっぱい希望して、最後、ああなるとは、絶対思わなかったですね。三島の場合はあのとき、よしッ、と、みな立ったかもしれません。そしてあいつは腹を切るの、よしたかもしれません。それはわかりません。》

昭和四十一年に『英霊の声』で「などてすめろぎは人間《ひと》となりたまいし」と書き記して以来、三島由紀夫は「待つ人」であった。それでは、三島にとって「急ぐ」(pressieren) こととは何であったのか。

三島由紀夫にとって「急ぐこと」の実践こそ、言葉の領域で生きることではなかったか。だからこそ、三島は「言葉に対する私の要求は、ますます厳密な、気むずかしいものになった。あらゆるアップ・ツー・デイトな文体を私は避けた」(『太陽と鉄』)と語るのである。

ライフワーク『豊饒の海』全四巻は、三島における「急ぐこと」の実践であり、三島が『小説とは何か』で吐露しているように、この畢生の大作の完結をひそかに怖れていたのは、それが〝完結〟することで、ブルームハルトが語るのとは逆に、「急ぐこと」が「待つこと」に先行してしまうのを、誰よりも自分自身で自覚していたからではないか。

「急ぐこと」が「待つこと」に先行したとき、ブルームハルト的にいえば、人は「主の到来の時を計算する」という倒錯を冒すであろう。三島の論理でいえば、それはゾルレンとしての天皇との一体化であり、「不死の根拠」としての自刃という飛躍である。もとより、それは『英霊の声』を書き、『「道義的革命」の論理』を書き「自刃の思想」に逢着したときから、三島自身によって十分に確認され検証され予定されていたことであったはずだ。

そもそも三島は『英霊の声』でこう書いていた。

《だが、昭和の歴史においてただ二度だけ、陛下は神であらせられるべきだった。何と云おうか、人間としての義務《つとめ》において、神であらせられるべきだった。この二度だけは、陛下は人間であらせられるその深度のきわみにおいて、正に、神であらせられるべきだった。それを二度とも陛下は逸したもうた。もっとも神であらせられるべき時に、人間にましましたのだ》

二・二六事件の青年将校たちの蹶起の時と、国の敗れたあとの時、この二度とも「神」であるべき天皇は、神でなく「人間」としてあった。にもかかわらず三島由紀夫は、その「希望」をあくまでも天皇＝神に求めようとした。天皇による「希望の神学」に最後まで固執した。

たとえば、戦後の文学者でいえば、このような三島の考え方とは対照的であり、またある意味では深く相通ずる問題意識をかかえていたのは、やはり折口信夫であろう。周知のように、三島は『英霊の声』を書き『豊饒の海』の連載をはじめる直前に、昭和四十年に折口信夫をモデルにしたといわれる『三熊野詣』を書いている。

私は、三島由紀夫にとっての天皇を考えるとき、かならずといっていいほど想起するのは折口信夫の『近代悲傷集』におさめられた「神　やぶれたまふ」である。

《神ここに　敗れたまひぬ――。すさのをも　おほくにぬしも　青垣の内《ウチ》つ御庭《ミニワ》の　宮出で、
さすらひたまふ――。》

そこにはまた次のような一節も読める。

《神いくさ　かく力なく　人いくさ　然も抗力《アヘ》なく　過ぎにけるあとを　思へば　やまとびと

神を失ふ――　日高見《ヒタカミ》の國びとゆゑに、おのづから　神は守ると　奇蹟《シルマシ》を憑む　空しさ。信なくして何の奇蹟《シルマシ》――。》

鎌田東二は「昭和のトポロジー」という論考（『文藝』昭和六十三年春季号）で、折口のこの「神やぶれたまふ」は、歴史事実としての敗戦や、昭和二十年八月十五日の「玉音放送」よりも、またいわゆる「神道指令」よりも、昭和二十一年「元旦」に出された「年頭ノ詔書」――つまり天皇の「人間宣言」に、より大きなショックを受けて記されたものであるといっている。「大嘗祭の本義」（昭和三年）で、元旦朝賀と即位式と大嘗祭が同じ祝詞を用い、元来は同じ日に行われており、「元旦の詔旨は、即位ののりとを、毎年くり返すものであった」と説いた折口にとって、昭和二十一年の「元旦」の「詔書」は今上天皇の「即位ののりとを、毎年くり返すもの」ではなく、「人間宣言」にほかならなかったことは、まさに「神の敗北」を何よりも如実に物語る以外のものではなかったからである。

折口のいわゆる「天子非即神」論と「神道の世界宗教化」という考え方は、この「神の敗北」の痛切な認識から出発しているといってよいが、次のような折口の言葉は「神道」の宗教化、あえていうならば多神論的なものではなく、むしろ一神教的な信仰の体系――「神道」の神学体系ともいうべきものの模索ではなかったか。

《神道をかゝげることは、神をかゝげることである。だが、政治行動によつて、神の存在を知らせようとした宗教の動きが、一度だつて成功した先例のないことを思ふがよい。もつと静かに、もつと微かに思ひをひそめるがよい。如何にして、神社が――神道の定義において、正しい教会となり得るか。いづこに、私どもは、宗教生活の知識の泉たる教典を求めればよいか。私どもの情熱が、何時になつたら、その私どもの情念を総合して、宗教神道を、私どもに興へてくれる教主の出現を実現させることが出来るか。その時こそ、私ども神道宗教儀礼伝承者の生活を、一挙に光明化してくれる――世の曙の将来者の来訪である》(「神道の友人よ」昭和二十二年一月)

折口の「天子非即神」論にこだわるならば、三島由紀夫の天皇観と折口の「神道」の宗教化という戦後の思考は対立する。しかし、三島が二・二六事件を通して天皇の神学を求めていったことと、折口がいわば神学的なかまえのなかで「神道」の宗教化の可能性を見出そうとしたことのなかには、あきらかに共通する要素があるように思われる。折口信夫は「神々」の敗北についてこう語る。

《……我々は奇蹟を信じてゐた。神を宗教情熱的に信じてゐなかつたのに、奇蹟を信じてゐた。しかし、我々側には一つも現れず、向うばかりに現れた。それは、古代過去の信仰の形骸のみを持つてゐて、現に神を信じてなかつたからだ。だから過去の信仰の形骸のみにたよって、心の中に現実に神の信仰を持つてゐないのだから、敗けるのは信仰的に必然だと考へられた。つまり神の存在を信じない人ばかりになつた国である》(「神道宗教化の意義」昭和二十一年八月)

ニーチェのようにわれわれは「神の死」ということを語ることはできないし、語るべきでもない。なぜなら、われわれは天皇制についてはあれこれ論議しても、それにたいして三島由紀夫が終局的には「自刃の思想」という飛躍に至るまでおこなった「神学」的思考をもって検証し得てはいないからだ。

神は死んでいない。折口がうたうように、神は「さすらひたまふ」。

三

ところで、折口信夫の「天子非即神論」と「神道」の世界宗教化といった主張のなかでとくに注目したいのは、神と人間の連続性を断ち切るべきであるという点である。折口はまず日本人の神観念が「多神教的」であるという説に異をとなえている。

《一体、日本の神々の性質から申しますと、多神教的なものだといふ風に考へられて来てをりますが、事実においては日本の神を考へます時には、みな一神的な考へ方になるのです。たとへば、沢山神々があつても、日本の神を考へる時には、天照大神を感じる、或は高皇産霊神を感じる、或は天御中主神を感じるといふやうに、一個の神だけをば感じる考へ癖といふものがあります。その間にいろ〳〵な神々、最卑近な考へ方では、いはゆる八百万の神といふやうな神観は、低い知識の上でこそ考へていますが、われ〳〵への宗教的或は信仰的な考へ方の上には、本道は現れては参りません》（「神道の新しい方向」昭和二十四年六月）

「天子非即神論」によって皇室（天皇）と神道との関係性を分離して、宗教としての「神道」を考えた折口は、日本の「超越」的感性なき風土の土壌のなかで、日本人による「唯一神教的命題」を展開しようとしたように思える。そこで問題になったのは、「〈神《カミ》〉にして〈人《ヒト》〉が同時に成り立つ伝統的観念」の修正、というよりは破壊であった。それは柳田國男が指摘した日本人の祖先崇拝の信仰への批判というかたちをとる。

折口はこういっている。

《本道のことを言ふと、日本人は祖先神と神様とを結びつけるといふ傾向があるが、これは誤りではないかと思ふ。我々は冷厳に感情を整理して、学説を立てねばならぬ。高御産巣日神・神産巣日神も祖先神として記録してゐるが、この二神はどう考へても祖先神ではない。昔から日本人は、偉い神々を祖先と考へやすかつたのだ》（「神道宗教化の意義」昭和二十一年八月）

「神道」の宗教化――「唯一神教的命題」の獲得という道すじのなかで、祖先神と神とのむすびつきは誤謬であるとされる。いうまでもなく習俗としての祖先崇拝は、超越的一神教の思考からは出てこない。しかし、折口は高御産巣日神や神産巣日神を祖先神から切りはなすことで、神と人との連続性を断ち切ることによって、そこに超越神を求めようとした。つまり、神道の神々のなかに、そのような超越的神格を見出さないかぎり、神道の宗教化はありえないという折口信夫の強い自覚があったのはあきらかだろう。「道徳の発生」（昭和二十四年四月）では、「至上神」とか「既存者」とかいう言葉を用いて、旧約のエホバなどと比較しつつさらにこの問題を敷衍している。

厳密にいって、神と人間との連続性が成り立っているところでは「唯一神教的命題」は成立しない。超越性の原理はそこにはない。たとえば一神教であるキリスト教においても、永遠と時間、神と人間との混同という事態がしばしば生ずる。近代主義的キリスト教、キリスト教的ヒューマニズムはそのような混同の上に成立する。キルケゴールやカール・バルトは、そのような永遠と時間の混同、神と人間との連続性を決定的に断ち切る。そこに絶対的な質的差異を見出すところから出発する。

折口信夫がやろうとしたのも、「神道」という文脈における神と人間との質的な差異の〝発見〟であったはずである。それはくりかえすが、日本人の神観念に修正と変容をほどこすようなものだ。

折口は「きりすと教」に現れる「義人」を例に出してこんなふうに語っている。

《ともかく日本の神々がやぶれ、それと非常に関係深い天子様とその御一族が衰へた時、何故義人が出ないかといふことは、悲しむべきことだ。其程我々は生活の性根を失つてゐる。我々のこの気持ちを表してくれる義人が一人もゐないと言ふことだ。変な教養を受けた冷やかな気持ちを持つてゐるのだ。我々が余り形式的な科学に囚はれて、宗教的な側を少しも考へなかつた。本流神道の側に這入つて考へれば、神道を宗教化しようとは考へず、あまり倫理化しよう、道徳化しようといふ努力の方が強すぎた。つまり、宗教化することは、神道を道徳化しようとすることの邪魔になるのでおさへつけて来た》(「神道宗教化の意義」)

このような折口の「神道」の世界宗教化の提唱に、当然のことながらキリスト教の影響を云々するむきもある。しかし、私はそこにキリスト教の影を見るよりも、むしろ折口が「天子非即神論」を原点として、日本人の神観念――「神道」というものの内部において、「唯一神教的命題」の探究と、日本人の「超越」にたいするディシプリンが必要不可欠であることを語ったことの方が、はるかに重大であると思う。

それは三島由紀夫についてもいえる。三島は折口が「神道」から切りはなした「天皇」において、「唯一神教的命題」へと踏み込み、結局は「自刃の思想」に逢着した。

いずれにしても、三島由紀夫と折口信夫は戦後日本において、その方向性も資質も異なりながらも、「唯一神教的命題」を危機的なまでにかかえこんだ数少ない文学者であったと思われる。

四

『英霊の声』を書いた三島由紀夫に、折口信夫の語った「自覚者」あるいは「預言者」の風貌を見るのは（むろん「神道」の宗教化という文脈ではないにしても）あるいは誇張にすぎるだろうか。

ところで、最後にどうしてもふれなければならないのは、『豊饒の海』についてである。私はブルームハルトの「希望の神学」を援用して、「待つ人」である三島にとって、「急ぐ」（pressieren）ことの実践とは、いわゆる行動ではなく、言葉の領域で生きること、『太陽と鉄』で語った「いつ訪れるとも知れぬ『絶対』を待つ間《ま》」の作業であると述べた。そして、このライフワークの〝完結〟はとりもなおさず「急ぐこと」が「待つこと」に先行してしまう逆転をもたらしたとも書いた。

それにしても『豊饒の海』は多義的な読みを可能ならしめるテキストである。三島の文学のなかで、この作品はその一点においても特別な位置にある。『金閣寺』のような作品とは対照的である。ここでは問題点を絞ってふれておきたい。

いうまでもなく『豊饒の海』は、松枝清顕（『青の雪』）、飯沼勲（『奔馬』）、月光姫（『暁の寺』）、そして安永透（『天人五衰』）という輪廻転生、生れ変わりとしての主人公が出てくる。このなかで最後の安永透は贋の生れ変わりということになっているが、『豊饒の海』が最終巻『天人五衰』で行きついた最後の場所、あの月修寺の「寂寞を極め」た「記憶もなければ何もない」空間（庭）は、輪廻から解脱したことを意味しているのではなく、むしろ永遠に循環するような時である。それは仏教的に解釈するよりも、ピタゴラス的な時が永遠に戻る円環運動のようなものであろう。それは「終り」＝「目的」のない時である。そこには時のはじめとおわりに関するいかなる象徴もない。いや、各巻の生れ変わりの〝証人〟としての本多繁邦は、ある意味では作者によって構想されていたその「象徴」であったかも知れない。しかし、もちろん本多はそのような存在として機能しない。月修寺の夏の庭で「記憶もなければ何もないところへ、自分は来てしまった」と思うのは、ほかならぬ本多自身であるからだ。

本多は老いさらばえて自分の生をこんなふうに反芻する。

《自分には青春の絶頂というべきものがなかったから、止めるべき時がなかった。絶頂で止めるべきだった。しかし絶頂が見分けられなかった。ふしぎにも、そのことに悔いがない。／いや、たとえ青春を少しばかり行き過ぎてからでもよい。もし絶頂が来たら、そこで止めるべきだ。だが、絶頂を見究める目が認識の目だというなら、俺には少し異論がある。俺ほど認識の目を休みなく働らかせ、俺ほど意識の寸刻の眠りをも妨げて生きてきた男は、他にいる筈もないからだ。絶頂を見究める目は認識の目だけでは足りない。それには宿命の援けが要る。しかし俺には、能うかぎり稀薄な宿命しか与えられていなかったことを、俺自身よく知っている。／それを俺の強靭な意志が宿命を阻んで来たからだ、と言うのは易しい。本当にそうだったろうか。意志とは、宿命の残り滓ではないだろうか。自由意志と決定論のあいだには、印度のカーストのような、生れついた貴賤の別があるのではなかろうか。もちろん賤しいのは意志のほうだ。／若いころ、俺はそうは思わなかった。あらゆる人間意志は歴史に関わろうとする意志だと俺は考えた。その歴史はどこへ行ったのだ？》（『天人五衰』傍点引用者）

本多がその生涯の終りに近づいたときに出くわしたのは、いわば「歴史」の消失なのだ。彼は生れ変わりのヒーローたちを認識者の目をもってたどってきたが、そうすることで「歴史に関わろう」と意志してきたが、実はそこにはじめから「歴史」は不在なのである。あるのは円環としての時だけである。

『天人五衰』の安永透が贋物であるということは、透自身の問題なのではない。透が月光姫の生れ変わりであるか否かなどということは判定することはできない。問題は要するに本多自身が透が〝贋物〟であることに気づいたということである。いいかえれば、本多は認識者として、自由意志をもって「歴史」に関わってきたという確信によって、「絶頂」の瞬間をやりすごし老いさらばえてまで生きてきた。しかし、その「歴史」はそもそも〝贋物〟だったのである。本多はそのとき「歴史はどこへ行ったのだ?」と自問するほかはない。

三島が「いつ訪れるとも知れぬ『絶対』を待つ間《ま》」の作業として『豊饒の海』を書きつづけたとするならば、その「急ぐこと」の実践のなかで、円環する時を受けいれざるを得なかったのは皮肉というほかはない。なぜなら、「絶対」を「待つ」(warten)ということは、時のはじまりとおわりに関する象徴を受けとめることにほかならないからである。

ここでいっておかなければならないのは、三島は『太陽と鉄』で、「絶対」という言葉を何度もくりかえし使っているが、「天皇」という言葉は一度も用いていないことである。すでに見てきたように、三島は「天皇」の存在を通して、「唯一神教的命題」を探究した。「自刃の思想」に至るまで追って行った。しかし、そこにおいても「天皇」と「絶対」とのあいだには埋めがたい溝があったはずである。『太陽と鉄』で語られる「絶対」は、超越神として仮構された「天皇」に無限に接近するといってもいいが、それはついに一致することはなかったのではないか。

そして、日本の近代史の時間をそのままくりこんだ『豊饒の海』という作品は、決して「絶対」の到来することなき循環する時のなかに本多を、というより作者の三島由紀夫を置き去りにした。そもそもそのような事態になることを、三島は輪廻転生というものを作品に持ちこむときに知っていた。つまり、三島は「待つこと」と「急ぐこと」の分裂や矛盾をはじめから知りつくしていたのかも知れない。

＊初出　一九八九（昭和六十四・平成元）年

三島由紀夫と吉田満——二十五年の後に

一

　数年前になるが、ドイツのデュッセルドルフに一年ほど滞在していたとき、偶然にも一冊の大平洋戦争の戦記を読んだことがあった。同市には日本クラブという在留邦人のための施設があり、そのなかに小さな図書館があった。日本語が読みたくなると私も訪れたが、ある日何冊かの本とともに借り出したなかに『連合艦隊』というタイトルの戦記ものがあった。真珠湾の奇襲にはじまる日本海軍の記録がそこには克明に記されていたが、私が何よりも衝撃を受けたのは、日本の陸海軍の齟齬による作戦の愚劣や無謀さといったことよりも、本に載っていた当時の若い軍人、パイロットたちの沈黙の顔写真であった。もちろん、彼等はことごとく戦死した者たちである。

二十歳前後の初々しさを残しつつ、ふしぎな明るささえ湛えた彼等の表情は美しく、澄んでいた。私はそのとき、日本人はかつて、あの時、こういう顔をしていたのかという驚きにも似た思いにとらわれた。それは戦記の内容すらほとんど忘れさせるほどの鮮烈な印象であった。戦争も、戦後の混乱期も直接には知らない世代の一員である私にとって、それはひとつの体験――異国の地におけるある発見であった。本の著者は淵田美津雄という人であり、連合艦隊の航空参謀として真珠湾攻撃の主役を演じ、その後も多くの海戦に参加、ミッドウェーで負傷した。後になって知ったことだが、淵田氏は戦後にキリスト教の信仰を持ち、プロテスタントの牧師になったという。

その本を読みながら、私は二人の戦後作家のことをあらためて思わずにはいられなかった。一人は戦後文学を代表する作家三島由紀夫であり、もう一人は、『戦艦大和ノ最期』の一篇によって戦後日本文学史にその名を刻まれている吉田満である。

三島由紀夫についてすでに私はいくつかの評論を書いてきた。三島文学を論ずるとは、作家のあの最後の行動、すなわち自裁を無視しては成り立たないと思い、その死の謎に自分なりに迫りえればと考えてきた。ここで三島由紀夫の自死と文学をめぐって、しかし、私は何か新しい解釈を試みようとは思わない。むしろ、その死の意味を語ることを止めたいと思う。そのような思いをうながすものは、ほかならぬあの日本人の顔、異国で手にした本のなかに封印されていた三島と同世代の若者たちの顔である。そして、さらにいえば、やはり戦中派と呼ばれるその世代の一人である吉田満の次のような三島評のほかに、「あの死」について的確に語りうる言葉はないのではないかと思うからである。
三島の死後六年目に、吉田満は「三島由紀夫の苦悩」と題した一文を次のように書きはじめている。

《私はやはり同じ世代に属し、一時友人として三島と親しくつきあっていたこともあるが、一個の人間、しかも多才な意志強固な行動力旺盛な文学者に、割腹死を決意させたものの核心が何であったかを、解明出来ると思うことがいかに不遜であるかは、承知しているつもりである。自分なりの結論にせよ、解明出来たと思う時は、永久に来ないであろう。三島はみずからの死の意味について、多くの読者にそれぞれ異なる解明の糸口を得たと思わせて世を去ったが、糸口をたどってゆくとどの道にも、近づくことを許さぬ深淵が待ち構えている。彼の死はそのような死なのであり、そうであることをはっきり意図して、彼はあの死を選んだとしか思えない》（傍点原文）

吉田満は、三島由紀夫の「死」を、青春の頂点において「いかに死ぬか」という難問との対決を通してしか、「いかに生きるか」の課題が許されなかった世代――そのような世代のひとつの死としてとらえ直してみせた。あの自決がさまざまな意味を、「異る解明の糸口」を示していながら、実のところ戦争に散華した仲間と同じ場所を求めての、死の選択であり、そのような願いによる決断であったという。

これはたんなる世代論だろうか。三島由紀夫の生と文学を、あまりに単純な世代の「死」として単純化してしまうことになるのだろうか。私はそうは思わない。保田與重郎は三島の自刃に際して「三島氏の事件は、近来の大事件といふ以上に、日本の歴史の上で、何百年にわたる大事件となると思つた」(「天の時雨」)と記したが、もし仮りにそうだったとしても、それは三島由紀夫という個的な存在の、その生と死の劇的な問いかけゆえにではなく、その「死」が疑いもなく一つの世代の夥しい「顔」と重なり合い、その犇《ひしめ》きの死のなかに埋没することを懇望したものであったからではないか。あの自決事件は、決して特異なものでも異常なものでもなく、あえていえば平凡な静謐さのなかにある。

そう思うとき、『豊饒の海』第一巻の冒頭で描かれた「セピア色のインキで印刷」された日露戦役の写真――その風景を想起せずにはいられない。

《画面の丁度中央に、小さく、白木の墓標と白布をひるがえした祭壇と、その上に置かれた花々が見える。

そのほかはみんな兵隊、何千という兵隊だ。前景の兵隊はことごとく、軍帽から垂れた白い覆布と、肩から掛けた斜めの革紐を見せて背を向け、きちんとした列を作らずに、乱れて、群がって、うなだれている。わずかに左隅の前景の数人の兵士が、ルネサンス画中の人のように、こちらへ半ば暗い顔を向けている。そして、左奥には、野の果てまで巨大な半円をえがく無数の兵士たち、もちろん一人一人を識別もできぬほどの夥しい人数が、木の間に遠く群がってつづいている。

前景の兵士たちも、後景の兵士たちも、ふしぎな沈んだ微光に犯され、脚絆や長靴の輪郭をしらじらと光らせ、うつむいた項や肩の線を光らせている。画面いっぱいに、何とも云えない沈痛の気が漲っているのはそのためである。

すべては中央の、小さな白い祭壇と、花と、墓標へ向って、波のように押し寄せる心を捧げているのだ。野の果てまでひろがるその巨きな集団から、一つの、口につくせぬ思いが、中央へ向って、その重い鉄のような巨大な環を徐々にしめつけている。……》

『春の雪』のこの「得利寺附近の戦死者の弔祭」という写真の描写は、吉田満の『戦艦大和ノ最期』の「無数の兵士」の戦死を描く言葉と相通ずるものがある。

《水スデニ右舷舷側ヲ侵シハジム
亂レ散ル人影　シカモタダ波ニ吸ハルルニ非ズ　湧キ上ル水壓、彈丸ノ如ク人體ヲ撥ネ飛バス　人體ムシロ灰色一點トナリ、輕々ト、樂シゲニ四散ス——見ルマニ渦流五十米ヲ奔ルト、足元ニ飛沫セリアガリ、イビツノ鏡カト見紛フ水、無數ノ角度、無數ノ組合セニ耀キツツ鼻先ニキラメク
夫々鏡面ニ人影ヲ浸ス　人影アルイハ跳ネ、アルイハ逆立チシ蹲ル
コノ精巧ナル硝子模様、泡沫ノ生地ヲ彩ル　シカモソノ泡一面ニ、點々チリバメタル眞青ノ縞夥シキ渦巻ノカモス沸騰カ
コノ美シサ、優シサ、ト心躍ル瞬時、大渦流ニ逸シ去ラル
無意識ニ息ノ限リヲ吸ヒ込ム
足ヲカカヘ毬ノ如ク胎兒ノ如ク身ヲ固メテ、極力傷害ヲ防ガントスルモ、モツレ合フ渦凄マジク、手足モガレンバカリナリ
コノ身吹キ上ゲラレ、投ゲ出サレ、叩キノメサルルママ、八ツ裂キノ責メ苦ノウチニ思フ——最後ニ、チラト見シ娑婆ノ姿ヨ　歪ミ顚倒シツツモ、ソノ形魅力ニアフレ、ソノ色妙《タヘ》ナリシ
掠メ去ル心象ノ慰メ、息詰メタル胸ニ明ルシ

事前ニ遠ク泳ギ得テ、コノ渦流ヨリ免レタル者皆無
カカル大艦ニテハ、半徑三百米ノ圏内ハ危險區域ナリトイフ
救出決定遅キニ過ギ、コノ距離ヲ泳ギ拔ク餘裕ヲ奪フ
總員戰死、コレ運命《サダメ》ナリシナリ》

ここにはいずれも個人が、ひとつの絶対的な「巨大な環」のなかにとらえられ、そこに生ずる運命共同体がひとしく体験する瞬時の「美シサ、優シサ」が、あるいは「一つの、口につくせぬ思い」が表出されている。いうまでもなく、それは戦争の現実的な悲劇というよりは、戦争という愚劣さの直中で、そのような現実を超えたある瞬間――人が自己の存在を超越したある何かを垣間見る体験である。

吉田満は昭和二十年四月の大和の沖縄特攻作戦に少尉として参加し、三島由紀夫は昭和二十年二月に入隊検査の際の軍医の誤診で即日帰郷し、実際の戦闘を経験することはなかったという相違はあるが、この二人があの戦争を通して垣間見たものはあきらかに共通している。

周知のように、小林秀雄の編集による『創元』一九四六年十二月創刊号に掲載されるはずであった、『戦艦大和ノ最期』は、GHQ総司令部の検閲によって全文削除され、この作品が完全なかたちで刊行されるには一九五二年の八月まで待たなければならなかった。この間、日本浪曼派

の嫡子として昭和十九年、戦時下に処女短篇集『花ざかりの森』を刊行した三島由紀夫は、戦後の文壇のなかで、新しい戦後作家という人工的な仮面による華麗な作家的出発を遂げていった。しかし、その三島は吉田満の『戦艦大和ノ最期』の最もはやい段階での一読者であった。占領下において沈黙を強いられたこの作品を、吉田より二歳年下の三島は手書きの草稿のまま読んでいる。

そして『戦艦大和ノ最期』の初版跋文に三島は「一読者として」という題で次のような感想を認めている。

《いかなる盲信にもせよ、原始的信仰にもせよ、戦艦大和は、抛って以て人が死に得るところの一個の古い徳目、一個の偉大な道徳的規範の象徴である。その滅亡は、一つの信仰の死である。この死を前に、戦士たちは生の平等な条件と完全な規範の秩序の中に置かれ、かれらの青春ははからずも「絶対」に直面する。この美しさは否定しえない。ある世代は別なものの中にこれを求めたが、作者の世代は戦争の中にそれを求めただけの相違である》

この短い一文は、『戦艦大和ノ最期』の本質とその感情の源泉をいいあてているばかりでなく、『金閣寺』で「絶対」をめぐる認識と行為の葛藤を描き、やがて、『憂国』『英霊の声』で二・二六事件の挫折や天皇の人間宣言に直面し、「神の死の怖ろしい残酷な実感」によって、日本的悲劇としての神学の岩壁に突き当る三島由紀夫自身の行程をもすでに予言している。吉田満も三島由紀夫も、いずれにせよ共に「戦争の中」にあって、はじめて「絶対」に直面した世代であった。吉田満は「一つの時代に殉じた世代が、生き残って別の時代を生きるということ」の苦悩——三島由紀夫を死に至らしめた「苦悩」もまたそこにあったと語ったが、この二人の作家の戦後の歩み、つまり「生き残って別の時代を生きる」その歩みはしかし自ら異なったかたちをとった。

二

吉田満の『戦艦大和ノ最期』の発表が占領軍の検閲（米軍CCD「民間検閲支隊」）によって三度までも阻まれた経緯については江藤淳の『落葉の掃き寄せ』に詳しい。しかし、それにもかかわらず吉田満は執拗にこの作品の公刊を求めた。江藤淳はそれはむろん文学的野心などではなく、作者自身にも充分に説明できない「ある深い衝動に突き動かされて」のことだったに違いないと指摘している。「吉田氏にとって『戦艦大和ノ最期』とは、おそらく氏と死者たちをつなぐもっとも深いきずなであり、作品を公刊する以外にその存在を確認するすべはあり得なかったのである」（「死者との絆」）

戦争から生還した吉田満は、日本銀行に入行し、一人の経済人として戦後の経済復興に関わりつつ、『臼淵大尉の場合』『祖国と敵国の間』『提督伊藤整一の生涯』といった作品を著わした。もちろん、それらはいずれも大和と運命を共にした人々の話であり、結局のところ作家吉田満の作品はあの文語の日記体で記された『戦艦大和ノ最期』の一篇であるといってよい。

いいかえれば「戦艦大和」と「その滅亡」は、吉田満にとって「絶対」を垣間見た体験であり、彼の文学の言葉は、それを見た者の、いわば証人の言葉であり、フィクションとしての文学ではなかった。おそらく、『戦艦大和ノ最期』を生き残って書くことは、吉田満をして自ら「証し人」としての場所に立たしめたに違いない。

戦艦「大和」こそはまさに近代日本というものの最も具体的な象徴であった。それは、明治維新以来西洋の文明を取り入れ、「文明開化の論理」のもとに突きすすんできた日本が生んだ巨大な自己矛盾といっても誤りではない。なぜなら、「大和」は日本海軍という文明機構がつくりあげた新文明の、近代文明の結晶であり、同時に必敗を覚悟して滅びるという「原始的時代」にも似た古い日本的美学に殉じるほかはなかったからである。

吉田満の戦後とは、自らが体験したこの「原始的信仰」を、その悲劇と美とを、戦後において証しするとともに、それを如何にして乗りこえて「生きる」かということに収斂されたはずである。

「死と信仰」という文章で、吉田満は「終戦が来て、平和が訪れ、身辺が平静にかえるに従い、私は自分に欠けていたものを、漠然と感じはじめた」といっている。

《死に臨んでの、強靭な意志とか、透徹した死生観とかが、欠けていたのではない。静かに緊張した、謙虚に充実した、日常生活が欠けていたのである。死と面接したとき、そこにあるのは死の困難ではなくて、ささやかな自己である。そこで役立つのは、死相にこわばった自己ではなくて、柔軟ななだらかな自分である。ただあるがままの、平凡な自分である》

吉田満は昭和二十三年三月、日本カトリック教会世田谷教会で受洗している。その後、プロテスタントの信仰（昭和三十二年に日本キリスト教団駒込教会に入会）を得ることになる。この文章はいうまでもなくキリスト教の信仰を持った作家によるものである。そこで吉田満が語っている「ささやかな自己」、あるいは「平凡な自己」とは、たんに生活人としての日常の自分を回復し、取り戻すということではない。彼は別な文章で、新約聖書のロマ書の次の聖句を引用している。

《さらば兄弟よ、われらは負債《おひめ》あれど、肉に負ふ者ならねば、肉に従ひて活《い》くべきにあらず。汝等もし肉に従ひて活きなば、死なん。もし霊によりて體の行為を殺さば活《い》くべし》（ロマ書八章十二節、十三節）

「大和」の乗組員の九十パーセント以上が戦死したなかで、奇蹟的に生還をはたした者として、戦後に生きるとは「負債《おひめ》」を、「果すべき責任」を負うことである。吉田満にとって、それは死を逆に直視するということであったろう。そして、死を死として直視し、対峙するとき、死に打ち勝つ信仰、すなわち十字架のあがないと死からの復活としての出来事――イエス・キリストの出来事にたいする信仰に至りついたのであろう。

吉田満にとって、戦後世界を「生きる」とは、決して散華の世代の一員として「生き延びる」ことではなかったであろう。むしろ、死に打ち勝つということ、人間の存在そのものの究極の救済を、そのような生命を、新しく「活《い》きる」ことではなかったか。それこそが、とりも直さず同世代の無数の死者にたいする吉田満の「果すべき責任」であったはずである。つまり、「ささやかな自己」、「平凡な自己」とは、日常生活のなかに埋没して死を忘却することではなく、そのような世代の責任を、「負債《おひめ》」を、神にたいする信仰のなかで、その自由のなかで答える「自己」のことである。

おそらく、キリスト者としての吉田満は、そのときあの戦争をもふくめた歴史というものを、運命ではなく、むしろ摂理として受けとめ、とらえるところにはじめて立ちえたのではないか。摂理とは、自然や出来事をある絶対的な、人間が関与することができない運命として受けとめる古代民族の諸宗教にたいして、創造者なる神が、神とは異なる被造物の世界――人間の歴史を自らの意志によって保持し配慮するというキリスト教の歴史観である。ギリシア的な盲目的な運命の力にたいして、キリスト教の摂理論は、そこに被造物としての人間の自由を見出す。創造主としての神の絶対性を前提にしながら、その神の恵みの光のなかで、被造物がはっきりと時間と場所と機会を持っているということ、すなわち運命としての歴史ではなく、神の摂理としての歴史を生きることができるということである。

『戦艦大和ノ最期』で「コレ運命《サダメ》ナリシナリ」と記した吉田満は、キリスト者となるなかで、散華の世代の「運命」を、歴史の、摂理のなかで受けとり直すことができたのではないか。

吉田満はキリスト者として戦陣におもむいた学徒兵の書簡を引きながら、こう語ったのである。

《戦う兵士として戦場に召されたキリスト者が、(二千年の歴史のあいだに、無数といってもよいほどの信者が、同じ立場に立たされた)最後の日まで、主を求めて生き抜こうとする勇気が、その思いがけぬ明るさが、読むものの胸を打つ。肉の重荷を負った人間は、美しい抽象的な「平和」そのものを、生きることはできない。それぞれにあたえられた役割を果たしながら、「平和」を求めて自分を鞭打つことだけが、許されているのである》(「青年の生と死」)

戦後という時代を生きることの困難と絶望——吉田満は三島由紀夫の死に託しながら、それは「一つの時代に殉じた世代が、生き残って別の時代を生きるということ」の「苦悩」と呼んだ。しかし、吉田満は、その苦悩のなかから、イエス・キリスト信仰を持ちえた、いや神が、あの日本史における未曾有の戦争を体験したこの一人の日本人作家をとらえたといってもいい。やはり学徒出陣で陸軍に入り、二十一歳で戦病死した池田浩平の残した手記『運命と摂理』の次の一節を引いて、吉田満は「透徹した信仰」と書いているが、この作家自身も、『戦艦大和ノ最期』を書き記すことによって、そのような信仰を得ることができたのではなかったか。

《私はこの時、「自己が何であるか」を問うごとに、かのルッターの命題、「死にいたるまで福音的、死にいたるまで祖国的」が、反射的に脳裏に刻される。私はいったい、何であるか。また何であればよいのか。答えは、キリスト者であり、同時に日本人である、という一事をおいてほかにない。他のすべては、「エホバ（神）与え、エホバ取り去りたもう。エホバの御名はほむべきかな」である——》

この池田浩平の言葉は、そのまま戦後の作家吉田満の言葉に重なり合うものであろう。吉田にとって、同世代のあの夥しい同胞の死者の声は、その英霊たちの声は、まさにこのような歴史を超えた、いや歴史そのものを支える神の声のなかにあってはじめて聴きえたものではなかったか。

三

《だが、昭和の歴史においてただ二度だけ、陛下は神であらせられるべきだった。何と云おうか、人間としての義務《つとめ》において、神であらせられるべきだった。この二度だけは、陛下は人間であらせられるその深度のきわみにおいて、正に、神であらせられるべきだった。それを二度とも陛下は逸したもうた。もっとも神であらせられるべき時に、人間にましましたのだ》(『英霊の声』)

三島由紀夫にとって、英霊たちの声はつねにこの「神の死」に関わっていることはくりかえすまでもない。ここに戦後を生きることによって、キリスト教の神と出逢い、神によって発見された吉田満との相違はあきらかである。三島由紀夫において、戦後を生きるとは、しだいに深く、しかも残酷なまでに明瞭に「神の死」の現実を知るということであった。ある意味では、三島由紀夫は、吉田満が身をもって体験した、あの死の悲劇に向かって、「コレ運命《サダメ》ナリシナリ」の「絶対」に向かって歩んでいったといってもよい。

『太陽と鉄』の最後で、「とまれ、私が逸したのは死ではなかった。私のかつて逸したのは悲劇だった」と書き、こう告白している。

《……それにしても、私の逸したのは集団の悲劇であり、あるいは集団の一員としての悲劇だった。私がもし、集団への同一化を成就していたならば、悲劇への参加ははるかに容易な筈であったが、言葉ははじめから私を集団から遠ざけるように遠ざけるようにと働らいたのである。しかも集団に融け込むだけの肉体的な能力に欠け、そのおかげでいつも集団から拒否されるように感じていた私の、自分を何とか正当化しようという欲求が、言葉の習練を積ませたのであるから、そのような言葉が集団の意味するものを、たえず忌避しようとしたのは当然である。いや、むしろ、私の存在が兆にとどまっていた間に、あたかも暁の光りの前から降りはじめている雨のように、私の内部に降りつづけていた言葉の雨は、それ自体が私の集団への不適応を予言していたのかもしれない。人生で最初に私がやったことは、その雨のなかで自分を築くことであった。

肉体は集団により、その同苦によって、はじめて個人によっては達しえない或る肉の高い水位に達する筈であった。そこで神聖が垣間見られる水位にまで溢れるためには、個性の液化が必要だった。のみならず、たえず安逸と放埓と怠惰へ沈みがちな集団を引き上げて、ますます募る同苦と、苦痛の極限の死へみちびくところの、集団の悲劇性が必要だった。集団は死へ向って拓かれていなければならなかった。》

この告白は、『春の雪』のあの日露戦争の死者の写真の描写を彷彿とさせる。「野の果てまでひろがるその巨きな集団」——その死者の集団は、三島自身が決して体験し受苦しうることがなかったもの、まさに彼が「逸した」ところの「悲劇」であった。『金閣寺』の主人公が、ちょうど金閣＝美を焼き亡ぼすという認識によって生の現実に耐えようとしたように、三島由紀夫は遺作『豊饒の海』の冒頭に、言葉によって「集団の悲劇」を書き写すことで、その死に至るまで文学の言葉を書きつづけ、生の現実に耐えようとしたといってもいいだろう。三島由紀夫のなかで「死」は、そのような形で絶対化されていった。もちろん、ここに三島における日本浪曼派の根源的な流れを見ることもできるし、彼の文学を戦後における日本浪曼派の仮面の「文学」としてあらためて定義することもできよう。

しかし、そうした三島文学の血統と出自を問うことよりも、彼が二十歳で敗戦を迎えた世代のまぎれもない一員であり、彼自身が「逸した」という「集団の悲劇」を体現した世代の一人であったということをむしろ大事にしたいと私は思う。その点では、三島は保田與重郎とも、「死ぬことが文化」だと言い遺して戦地に赴き、八月十九日にピストル自殺を遂げた蓮田善明とも異なる。日本浪曼派のそのような系譜の最後に三島を位置づけるよりも、池田浩平や吉田満といった同世代の死者のなかにとらえるとき、戦後一作家としての彼の仮面——『仮面の告白』についての作家自身の注釈でいえば「肉づきの仮面」——の背後に隠されていた素顔が浮かびあがる。戦後作家としての無数の華麗な「仮面」。

神学者の大木英夫は、三島由紀夫は、その文学は仮面をかぶることによって、「神学問題で灼けただれている現実にも耐える」と正確に指摘した。

《そして死を避ける。しかし、彼の文学は、かえってその仮面が割れて、素顔が出て、神学問題に直面するところがある。そして死が避けられなくなる。さまざまな奇行と試行の紆余曲折を経て、ついに市ヶ谷台への突貫となるのである》(「三島由紀夫における神の死の神学」)

『仮面の告白』が、『花ざかりの森』と彼の十代の青春の住処であった「死の領域」への遺書であり、まさに「死を避ける」ための人工の文学的仮面であったとすれば、最晩年に書かれたエッセイ『太陽と鉄』は、「その仮面が割れて」いくところを詳細に辿ってみせた自己告白の書であった。これまで何度も論じてきたように、そこに三島における「神学問題」が、すなわちあの「神の死」の問題が露われているのはいうまでもない。おそらく、日本における神学問題を最もラデイカルに現実の光のなかに引きずり出したのが三島由紀夫である。多くの宗教学者が決して見ようとしなかったものを、語りえなかった根底的な「神」の問題を、三島は自らの生と文学と、そしてあの苛烈な死によって語ってみせた。いや、「神学問題に直面」したとき、「死が避けられなく」なった。

『英霊の声』の最後は、神霊に憑かれてそのコトバを語った盲目の青年が、力尽き声涸れて倒れるところで閉じられるが、作者三島はそのところを次のような痛烈な言葉で結ぶ。

《木村先生が川崎君をゆすり起そうとされて、その手に触れて、あわてて手を離された。何事かを予感した私どもはいそぎ川崎君の体を取り囲んだ。盲目の青年は死んでいた。

死んでいたことだけが、私どもをおどろかせたのではない、その死顔が、川崎君の顔ではない、何者とも知れぬと云おうか、何者かのあいまいな顔に変容しているのを見て、慄然としたのである。》

この「何者かのあいまいな顔」は、いうまでもなく「などてすめろぎは人間《ひと》となりたまいし」と神霊たちの怒号と悲嘆の声が向かう「神」の顔、いや「神の死」の、その「顔」にほかならない。しかしまた、その「何者かのあいまいな顔」とは、「神学問題」を決して直視することなく物資と文化の繁栄を享受してきた戦後の日本人の「顔」であるといってもよい。

もちろん、作家三島由紀夫のその全生涯と作品を、晩年のとくにあの最後の瞬間にのみ収斂させるのは誤りであるかも知れない。それはあくまでもトータルに文学的に解釈されるべきだとの主張もあろう。しかし、私自身は、三島由紀夫の自裁は、政治的な死でもなければ、またかならずしも文学的な死でもなく、やはりこれまでくりかえし論じてきた日本人にとっての神学問題における「死」であったと思う。そして、そこから彼の生と文学の全像が光のなかに浮かびあがってくると今も確信する。


最後にひとつ。石原慎太郎の『三島由紀夫の日蝕』のなかに記された、ひとつの貴重な証言を引いて、私の三島由紀夫論の締めくくりとしたい。

それは自決の直前に、自衛隊の写真班によって、事件の記録のために総監室の外から、部屋の高い欄干越しに撮影された、ほかならぬ三島由紀夫の最後の写真である。

《写しだされた三島氏は初めて気負わず、何の無理をも感じさせず、騒がしくも見えない。そして雄々しくもあり、氏が願っていたように初めて美しくもある。言葉には聞くが、私は本当に平明な人間の表情というものを初めて目にした思いだった》

天空へ向かって、絶対の青空、太陽への昇天を願ったイカロスの翼が灼熱に焼き尽くされるように、日本人の「神」を希求した作家の仮面が、そこではじめて消失する。

私はこの写真を見ていない。しかし、やはりある確信を持っていえるのは、三島由紀夫のその素顔——その平明な表情には、いささかも「あいまい」なものはなく、おそらく異国の地で私が偶然にも目にした戦記に載っていた、あの青年たちの清明な沈黙の表情に重なるものではなかったか。作家の死後二十五年、四半世紀を経て、私はそのような思いを深くする。

＊初出　一九九五（平成七）年

三島由紀夫と日本文学史

幻の文学史

三島由紀夫が昭和四十五年十一月二十五日に市ヶ谷の自衛隊駐屯地で自決してから既に四十年余の歳月が過ぎた。その間忘れ去られることなく、その文学と思想は様々な角度から繰り返し論じられ、没後に生まれた世代の読者の共感も得て、その作品は読み継がれている。明治以降の日本の文学者で三島由紀夫は、明らかにその名前を文学史に刻む存在となっている。夏目漱石、森鷗外、島崎藤村、芥川龍之介、太宰治、そして谷崎潤一郎、川端康成らと並ぶ文学者であるとともに、その文学の流れはさらに長い日本文学史のなかで検証される必要があろう。

その自決によって未完となった『日本文学小史』は、この国の千年をこえる日本語文学への三島の視点を簡潔かつ鮮明にした極めて重要な評論である。昭和四十七年十一月に講談社より刊行されているが、当初の構想からすれば、三分の一程で終わっており、これが完成していればこれまでにない日本文学史としての姿を明らかにしたと思われる。

構想によれば、次の十二の作品について言及されるはずであった。「古事記」、「万葉集」、「和漢朗詠集」、「源氏物語」、「古今和歌集」、「新古今和歌集」、「神皇正統記」、「謡曲」、「五山文学」、近松・西鶴・芭蕉らの元禄文学、「葉隠」、馬琴の作品が挙げられていた。実際には源氏物語にわずかに言及したところで終わっている。この作品を選ぶ基準として立てられているのは、その時代の「文化を形成する端緒となった意志的な作品群」であり、三島はそれを「文化意志」と名付けている。

《文化とは、文化内成員の、ものの考え方、感じ方、生き方、審美観のすべてを、無意識裡にすら支配し、しかも空気や水のようにその文化共同体の必需品になり、ふだんは空気や水の有難味を意識せずにぞんざいに用いているものが、それなしには死なねばならぬという危機の発見に及んで、強く成員の行動を規制し、その行動を様式化するところのものである。》（第一章方法論）

ここには「一個の文化意志は一個の文学史をもつのである」という明晰な定義があり、この文学史を貫いているのは、人類が共有する普遍的なるものを切り捨てるという態度である。三島の作品が、小説、戯曲、評論も含めてその多くが英語をはじめとした外国語に翻訳され、ノーベル文学賞の候補に挙がっていたと言われるのは周知の通りだが、外国語への翻訳が日本語によって書かれた自作を真に理解させることができないことは、作家自身が一番知っていたであろう。二十世紀の文学は、戦争や革命などによる亡命者の多言語の文学を生み出し、ロシアの作家ナボコフのように母語であるロシア語ではなく英語によってその表現活動をした作家も少なくはない。しかし、三島のような作家にとって母語以外の言語で創作することは考えられなかったに違いない。日本語という限定された地域と長い歴史によって育まれた言語にかけること以外に作品創造の源泉はなかった。こうした言葉への厳格な信頼を前提としたところにおいて、『日本文学小史』は構想されたのである。

そこでは言葉が意味伝達に留まらず、一つの時代の「文化」を表出する形として捉えられている。

《文学史は、言葉が単なる意味伝達を越えて、現在のわれわれにも、ある形、ある美、ある更新可能な体験の質、を与えてくれないことにははじまらない。私は思想や感情が古典を読むときの唯一の媒体であるとは信じない。たとえば永福門院の次のような京極派風の叙景歌はどうだろうか。／「山もとの鳥の声より明けそめて　花もむら〳〵色ぞみえ行く」／ここにわれわれが感じるものは、思想でも感情でもない、論理でもない、いや、情緒ですらない、一連の日本語の「すがた」の美しさではないだろうか。そういう表現は実にあいまいで、私の好むところではないが、いかに文学的価値なるものが、個々の具体的な作品を通してしか実現されず、又、測定されないにしても、古典主義の主張のように、どこかに一個の絶対的な規範があって、こからすべての価値が流れを汲んでいると主張しきるわけには行くまい。かつて源氏物語や古今和歌集は、そのような絶対的範例的古典だった。しかし、他の範例、他の美的基準もあることを、人々は徐々に発見した。》（第一章　方法論）

この「すがた」の美しさについては、『文化防衛論』においても「一つ形（フォルム）」を通して国民精神が透かし見られる結晶体となる、という言い方で表現されている。いずれにしても、三島の文学史はそのような「文化意志」と「言葉（日本語）」との緊密な緊張関係と深い連関のなかで構想されたのであった。

日本語の白昼

『日本文学小史』では、当初考えられていた「和漢朗詠集」ではなく、「古事記」「万葉集」の次に「懐風藻」が論じられている。「懐風藻」は、八世紀半ばに編まれた我が国最古の漢詩集であるが、これは外来文化を徹底的に受容することで日本人が自らの文化的特質を自覚するに至るプロセスを映し出している。そして、この漢詩集を通過して後、初めて日本語の新たな段階を迎える。十世紀初頭の「古今和歌集」の誕生である。三島は「古今和歌集」において日本語は一つの頂点を迎えると指摘する。

《われわれの文学史は、古今和歌集にいたって、日本語というものの完熟を成就した。文化の時計はそのようにして、あきらかな亭午《ていご》を斥《さ》すのだ。ここにあるのは、すべて白昼《まひる》、未熟も頽廃も知らぬ完全な均衡の勝利である。日本語という悍馬は制せられて、跑足も並足も思いのままの、自在で優美な馬になった。調教されつくしたものの美しさが、なお力としても美しさを内包しているとき、それをわれわれは本当の意味の古典美と呼ぶことができる。》（第五章　古今和歌集）

ここに王朝文化が和歌という形のなかで実現させた言葉の結晶がある。この言葉の力を支えているのは、個人の創造力や技巧の問題ではなく、まさに一つの文化共同体によって支えられた「意志」によって制御された芸術世界である。そこでは、個々の作者の才能が常にその時代と秩序の全体に関わり、そのことによって個性の表現をこえた古典的美の力を発揮する。

三島は、このような日本語の到達した「文化の白昼」から見るとき、自らが立っている現代の地平がいかなる状況にあるのかを歴史の光源から浮かび上がらせて、次のようにいっている。

《文化の白昼《まひる》を一度経験した民族は、その後何百年、いや千年にもわたって、自分の創りつつある文化は夕焼けにすぎないのではないかという疑念に悩まされる。明治維新ののち、日本文学史はこの永い疑念から自らを解放するために、朝も真昼も夕方もない、或る無時間の世界へ漂い出た。この無時間の抽象世界こそ、ヨーロッパ文学の誤解に充ちた移入によって作り出されたものである。かくて明治以降の近代文学史は、一度としてその「総体としての爛熟」に達しないまま、一つとして様式らしい様式を生まぬまま、貧寒な書生流儀の卵の殻を引きずって歩く羽目になった。》(第五章　古今和歌集)

明治以後の近代日本文学史を「無時間の抽象世界」と言い切った作家がこれまであっただろう

か。二十歳の年に終戦を迎えた戦中派世代の三島は、戦後の日本に対して根本的な疑念と批判をもっていたことはいうまでもないが、自らもその内側にある近代日本の歴史そのものへの熾烈な懐疑がここに表明されているといってもよい。

しかし、同時に三島は「古今和歌集」の古典美を深く受容することで近代日本文学史の持つ問題性を明らかにし、そのことによって近代小説の限界を乗り越えようとする野心的試みを成したのである。『日本文学小史』では第六章に「物語の白昼」としての「源氏物語」がわずかに論じられているが、文学史の構想としては「古今和歌集」の次には当然のことながら「新古今和歌集」が予定されていた。第一章では「新古今和歌集」を「文化意志そのもののもっとも爛熟した病める表現」といっているが、三島のなかではこの「爛熟した病める表現」の体現者である藤原定家への一貫した関心があったことはよく知られている。ライフワークとなった遺作『豊饒の海』のあとに三島は藤原定家についての小説を書きたいと知人に漏らしていたという。もちろん、それはその自死によって実現されることはなかったが、作家が定家の芸術表現の内に垣間見ていた爛熟と頽廃の芳香は、むしろ『豊饒の海』のなかに底流し、巨大な虚無の大輪の華のように描き出されたように思われる。

『豊饒の海』全四巻については以前に論じたことがあるので、ここではこの大作は日本文学のなかでどのような位置を占めているかについて、改めて言及しておきたい。第一巻の『春の雪』と第二巻の『奔馬』が刊行されたとき、川端康成はこの作品を「源氏物語以来の傑作」といった評を述べていたが、『豊饒の海』が依拠していた古典作品は作家自身が述べているように『浜松中納言物語』であり、その物語の転生譚であった。近代小説が直線的な時間によって展開されていることに不満を持っていた三島は、「夢と転生」という時間がジャンプし、現実が幻と化す物語の装置を必要とした。三島にとって「源氏物語」の、いわゆる「もののあはれ」の思想は、さして関心を呼ばなかったものと思われる。『日本文学小史』の第六章は「源氏物語」であり、それは中途で終わっているが、その文章の冒頭で三島は「花の宴」と「胡蝶」の二つの巻を特に取り上げると記している。それは、「源氏物語」という壮大な言葉の建築物の中心ではないが、その底には近代文学的な人間の心理や意識の次元では読み過ごされてしまう「純粋な快楽」が余すところなく輝き渡っているからである。

《二十歳の源氏の社交生活の絶頂「花の宴」と、三十六歳の源氏のこの世の栄華の絶頂の好き心を描いた「胡蝶」とである。この二つの巻には、深い苦悩も悲痛な心情もないけれども、あくまで表面的な、浮薄でさえあるこの二つの物語は、十六年を隔てて相映じて、源氏の生涯におけるもっとも悩みのない快楽をそれぞれ語っている。源氏物語に於て、おそらく有名な「もののあはれ」の片鱗もない快楽が、花やかに、さかりの花のようにしんとして咲き誇っているのはこの二つの巻である。それらはほとんどアントワヌ・ワトオの絵を思わせるのだ。いずれの巻も「艶なる宴」に充ち、快楽《ヴォリュプテ》は空中に漂って、いかなる帰結をも恐れずに、絶対の現在のなかを胡蝶のように羽搏いている。》

三島がいうところの「物語の正午」とは、このような愛の苦悩や罪の苦しみといった人間的動機を遥かにこえた言葉によって、天空に架けられた透明な橋のような表現そのものであったといってよい。そこには近代的なデカダンスの感情やニヒリズムの思想は全く入り込む余地はない。このような日本文学史における詩と物語の頂点に対して、三島自身が自らの寄って立つ地平を「朝も真昼も夕方もない、或る無時間の世界」と言い切ってみせたことは、やはり重要である。つまり『豊饒の海』は、源氏物語のような日本語の優雅と美の充足からすれば、決定的に頽廃と虚無を孕むことになり、それゆえにこそ作家はこの長篇世界のなかに日本文学史の輝く光の残影のような「夢と転生」の舞台を設えてみせたのである。

『豊饒の海』は日露戦争の後の明治末年から始まり、最終巻の『天人五衰』は昭和五十年という作者三島の死後の未来の時間を含んでいるが、周知のように各巻の生まれ変わりの主人公は最終巻の安永透によって偽の生まれ変わりの人物として頽廃のなかに取り残されるように描かれている。それは明治近代化以降の日本の現実の歴史・時間が、敗戦という断絶を孕みつつ衰退と虚無に落ち込んでいくことの陰画のようでもあるが、作者によって最終的に選択された結末は、創作ノートで記されていた主人公の解脱と救済ではなく、全てを飲み込んだ虚無の光であった。

『天人五衰』のラストシーンは生まれ変わりの主人公たちの証人であり、時代の観察者であった本多繁邦が、老いのなかでおもむろな肉体の衰亡と世界の終末を重ねていく姿が鬼気迫るものとして描かれている。それは自分の養子とした四人目の生まれ変わりの主人公安永透の狭隘な自意識の世界との葛藤を繰り返しながら、一巻の主人公であった松枝清顕の悲恋の相手であり、今は奈良の尼寺の門跡となっている綾倉聡子との再会の場面へと導かれていく。聡子との再会に向かう本多は、衰亡と終末の兆しのなかを進みながら、このように思わざるをえない。

《死を内側から生きるという、この世の少数の者にしか許されていない感覚上の修練を、本多はおのずから会得していた。一度衰えたものが回復すると望んだり、苦痛も一時的なものと信じようとしたり、幸福もはかないものと考えて貪ろうとしたり、倖せのあとには不幸が来ると思ったり、起伏や消長のくりかえしを自分の見通しの根拠にして、いわば平面の上を旅してゆくような生とはちがって、この世をひとたび終末の側から眺めれば、すべては確定し、一本の糸に引きしぼられ、終りへ向って足並をそろえて進んでいた。事物と人間との間の堺も失せた。百日紅があぁして突然伐られたように、忌わしい何十階建のアメリカ風のビルも、その下を歩むひよわな人間も、「本多よりあとへ生き残る」という条件を等しくしながら、それと同じ重さで、「必ず滅びへ向う」という条件も等しくしていた。本多は同情の理由を失い、同情をそそる想像力の根源を失った。想像力に乏しい彼の気質は、このためには好適だった。／理智はなお動いていたが氷結していた。美はすべて幻のようになった。／何事かを計画しかつ意志しようとする、人間精神のあの最も邪悪な傾向をも喪った。それこそある意味では、肉体の苦痛が与えてくれるこの上もない解放だった。》

この「終末の側から眺め」る観察者の宿命は、更に聡子との再会の場面となる月修寺の庭の描写で今一度、最後の逆転劇として無限のような空無のなかに溶かし込まれていく。門跡となった聡子の姿と言葉に、本多は「あたかも漆の盆の上に吐きかけた息の曇りがみるみる消え去ってゆくように失われてゆく自分を呼びさまそうと思わず叫んだ」。

《「それなら、勲もいなかったことになる。ジン・ジャンもいなかったことになる。……その上、ひょっとしたら、この私ですらも……」／門跡の目ははじめてやや強く本多を見据えた。／「それも心々ですさかい」》

ここから『天人五衰』の、そして三島由紀夫の畢生の大作『豊饒の海』のあの有名なラストシーンまではただ一歩である。

《これと云って奇巧のない、閑雅な、明るくひらいた御庭である。数珠を繰るような蟬の声がここを領している。／そのほかには何一つ音とてなく、寂寞を極めている。この庭には何もない。記憶もなければ何もないところへ、自分は来てしまったと本多は思った。／庭は夏の日ざかりの日を浴びてしんとしている。……》

このラストシーンについては、これまで様々な批評と解釈がなされてきたし、また『豊饒の海』の作品の哲学として用いられた仏教の唯識論からの読解もあるが、近代以降の歴史・時間のみならず、この世界の存在性をも巨大な相対主義のなかに溶解せしめる虚無の力には改めて慄然とさせられる。井上隆史は『三島由紀夫　幻の遺作を読む―もう一つの「豊饒の海」―』（光文社新書二〇一〇年）で、この「虚無」そのものの内に閉じられる『天人五衰』の最後を、しかし、そこには「庭があり、蟬の声が響き、夏の日ざかりの日がある」といい「現象は常にあるのだ」として、全ての崩壊のあとに「なおかつ何かが存在していることを示している」と指摘している。崩壊と創造、虚無と存在、終末と救済、現と幻、この両極のものがひとつの文学空間のなかでメビウスの環のように展開され、永遠から放たれる垂直性の光のなかに、地上の消え去るあらゆる人間と事物の水平的な影が交錯する。三島がこの遺作で試みたのは、まさに日本語の正午としての「源氏物語」と「古今和歌集」の輝きを背にして、日本語の美と崇高と頽廃を和歌という一つの形式のなかに朗々と歌ったあの藤原定家の文学的宿命を、近代作家として実現してみせることであった。『豊饒の海』は、その意味では明治以降の近代文学の果てに立ちつつ、この国の千年の日本語の歴史を背負った逆説的な「物語」、すなわち「小説」ではないだろうか。

詩と政治の相剋

『日本文学小史』の巻頭に取り上げられるのは「古事記」である。そこでは日本文学の源流とその最も奥深いところにある「詩」と「政治」の一致と分離の問題が極めて鋭く論じられている。三島が「古事記」に初めて接したのは小学校の頃、鈴木三重吉の現代語訳であったという。そこにあらわれる夥しい伏字は子供心に次のような思いを抱かせた。

《伏字は、政治的な問題、道徳的な問題、また、官能的な問題に亘《わた》っていたから、子供の想像力が読み分けることは至難だった。しかし、これを完本で読む日が来れば、自分は、日本最古の文献のうちに、日本および天皇についての最終的な秘密を知ることになるであろうという予感を抱いた。》

「古事記」を明朗な無邪気な神話としてではなく、そこに神聖なものと暗い混沌の入り混じった日本人の悲劇的感情の源として三島は読む。その代表的なものとして、倭建命の挿話に集中して論じている。倭建命は父帝である景行天皇の命を受け、部族の討伐などにその武勇を発揮するが、またそれゆえに父帝から恐れられ遠ざけられる運命を担う。その猛々しさのなかに、景行天皇は皇太子となるべき倭建命のなかに「神人」的な性格を看破したからである。三島は倭建命のなかに神的天皇があり、景行帝は人間的であり統治的天皇であったという。そして詩と暴力は常に前者のなかに属し、命は戦野に死し、その魂は白鳥となって昇天する。倭建命の運命とは、言い換えれば詩と政治とが祭儀のなかで一致しているということの象徴であり、その流浪と敗北と死は、神人が分離し、政と詩が相別れることを意味した。

《統治機能からもはやはみ出すにいたった神的な力が、放逐され、流浪せねばならなくなったところに、しかも自らの裡の正統性（神的天皇）によって無意識に動かされつづけているところに、命の行為のひとつひとつが運命の実現となる意味があり、そのこと全体が、文化意志として発現せざるをえなくなったのだ。神人分離とはルネッサンスの逆であり、ルネッサンスにおけるが如く文化が人間を代表して古い神を打破したのではない。むしろ、文化は、放逐された神の側に属し、しかもそれは批判者となるのではなく、悲しみと抒情の形をとって放浪し、そのような形でのみ、正統性を代表したのである。》

三島の天皇論は『文化防衛論』によって「文化概念としての天皇」という命題が出されたが、この「古事記」論にはより本質的な「天皇」論が披瀝されている。つまり、神的な天皇は、人間天皇としての景行帝によって放逐され、死に至らしめられたということだ。「古事記」の「最終的な秘密」とは、古代における詩と政治の分離であり、「神の死」は近代の出来事ではなく、「古事記」の物語の内にすでに告げられていたのである。

戯曲『朱雀家の滅亡』（昭和四十二年）は、三十七代続いた旧家の主である主人公の滅びの物語であるが、その最後の主人公の台詞は「どうして私が滅びることができる。夙うのむかしに滅んでいる私が」である。この「私」とは誰なのか。それは旧家の代表者のことではなく、むしろ現人神であった「天皇」が敗戦後に人間宣言を成したことを暗示するものであった。それは、『英霊の声』における英霊たちの、天皇は「神」であらせられるべきであった、という祈りを裏切る形の昭和天皇の人間宣言への批判と重なる。しかし、この「神の死」は敗戦による現実がもたらしたものだけではなく、実はむしろ日本史を遥かに古代へと遡るなかにおける、倭建命の運命の内にすでにあったのである。敗戦後の「天皇の人間宣言」を、「ふたたび古事記的な、身を引き裂かれるような『神人分離』の悲劇の再現」(『日本文学小史』)と捉えるところに、それは明らかである。

「古事記」の倭建命の神話に神人分離の悲劇を見るのは、三島の独創ではなく、たとえば保田與重郎は『戴冠詩人の御一人者』で、倭建命の神話に「神皇未分」の終焉を認めている。保田は「文学の上では少くとも日本武尊の生涯とその詩歌にあらわれた意識は、神皇分離の一大悲歌であった」(「神道と文学」昭和十五年)という。三島の倭建命の神話の解釈は、あるいは保田に負うところがあったかも知れない。また、国文学者で歌人の折口信夫が、戦後の「天皇の人間宣言」の衝撃を受けて著わした一連の「天子非即神論」、すなわち「飛鳥・藤原の頃から、天子は正に人間であらせられると言ふ事」を説き、「『神々の死』といった年代が、千年以上続いていたと思わねばならぬ」という議論の影響を受けていたとも思われる。

しかし三島由紀夫の、比類なき独創的な日本文学史への挑戦は、まさにここからである。すなわち、三島は倭建命の神話が明らかにする、統治する政治的な天皇によって放逐され、流浪させられ、死へと追いやられる倭建命がその悲劇の栄光によって担った「詩」の正統性を、現代において自らの表現と存在によって回復しようとしたからに他ならない。

『豊饒の海』はすでに述べたように、各巻の輪廻する主人公たちが唯識哲学の巨大な相対主義のなかに溶かし込まれる物語であったが、この長篇が昭和四十一年から作家が自決する昭和四十五年にかけて書き続けられたことを改めて想起すべきである。なぜなら、この五年間という期間に、三島は「楯の会」を設立し、自衛隊への体験入隊を繰り返しながら、市ヶ谷での自決に向けての現実的行動を加速させていったからである。文学者としての三島は『豊饒の海』の作品世界に近代の時間を流し込んで、それを最終的には空無化する試みを成し、行動者としての三島は倭建命的な「神的」天皇すなわち純粋天皇への忠義と祈念によって政治的には敗北を覚悟しつつ、その最期に向けての疾走を成したのである。

文武両道の秘密

昭和四十三年十月に刊行された『太陽と鉄』は「自伝的評論」と名付けられ、それは三島由紀夫の文学的遺書であるといってよいが、そこでは「文武両道」という戦後社会においては古い過去の徳目となった言葉に、新たな意味を吹き込んでいる。それは遥かな古代において詩と政治が別たれ、相異なるものとして引き離されてしまったものを再び一致させるために、倭建命の運命と悲劇とその抒情詩人としての才によって歌った「古事記」の神話に、現代を生きる作家として自らの肉体の破砕をも賭して接近し、あわよくば同化しようとの挑戦であった。『太陽と鉄』のなかでは、「文」と「武」の拮抗と矛盾と衝突を「自分のうちに用意すること」を目指すと三島はいっている。

《文学の反対原理への昔からの関心が、こうして私にとっては、はじめて稔りあるものになったように思われた。死に対する燃えるような希求が、決して厭世や無気力と結びつかずに、却って充溢した力や絶頂の花々しさや戦いの意志と結びつくところに「武」の原理があるとすれば、これほど文学の原理に反するものは又とあるまい。「文」の原理とは、死は抑圧されつつ私《ひそ》かに動力として利用され、力はひたすら虚妄の構築に捧げられ、生はつねに保留され、ストックされ、死と適度にまぜ合わされ、防腐剤を施され、不気味な永生を保つ芸術作品の制作に費やされることであった。むしろこう言ったらよかろう。「武」とは花と散ることであり、「文」とは不朽の花を育てることだ、と。そして不朽の花とはすなわち造花である。》

倭建命の神話が明かす詩と政治の分離、純粋天皇と人間天皇の距離は、「万葉集」の防人の歌などの例外を除けば、その後の日本文学史においてすでに既定の歴史的事実となった。「古今和歌集」は女手（平仮名）による純日本的な「たおやめぶり」の表現のまさしく完熟であり頂点であったが、それは詩が詩としての自律性のなかで円環する文化共同体の所産であった。そして「新古今和歌集」の藤原定家は、「紅旗征戎わが事にあらず」という表明に明らかなように、政治的・武家的世界を忌避することのなかに、言葉と文化の充足を求めたものであった。それは必然的に完成した文化の頽廃と言葉の爛熟をもたらさずにはおかなかった。以後日本文学史は、「たおやめぶり」と「ますらおぶり」という二極の分化と背反のなかで形成されてきた。三島によって構想された「日本文学小史」もまた、この二つの「文化意志」のあいだを巡りながら書かれるはずであったが、三島自身は『豊饒の海』という「文」の世界と政治的自刃という「武」を自らにおいて合流させ、一致させようとした。それは喩えていうならば、三島自身が倭建命の神話のなかに悠久の時間を超越して躍り込むことであり、近代作家としての自己を、その不可能性のなかで倭建命の悲しみと抒情の形に同化せしめ、詩と政治との祭儀を一致させ、その至福によって失われた正統性を代表しようとの野心的挑戦であった。

『太陽と鉄』の最後では、この日本古代の正統性へと駆け上る道として「同苦」による集団の悲劇性というものが出されている。それは「戦士共同体」を意味する。

《心臓のざわめきは集団に通い合い、迅速な脈搏は頒たれていた。自意識はもはや、遠い都市の幻影のように遠くにあった。私は彼らに属し、彼らは私に属し、疑いようのない「われら」を形成していた。属するとは、何という苛烈な存在の態様であったろう。われらは小さな全体の輪を以て、巨きなおぼろげな輝く全体の輪をおもいみるよすがとした。そして、このような悲劇の模写が、私の小むつかしい幸福と等しく、いずれ雲散霧消して、ただ存在する筋肉に帰するほかはないのを予見しながらも、私一人では筋肉と言葉へ還元されざるをえない或るものが、集団の力にとってつなぎ止められ、二度と戻って来ることのできない彼方へ、私を連れ去ってくれることを夢みていた。それはおそらく私が、「他」を恃んだはじめであった。しかも他者はすでに「われら」に属し、われらの各員は、この不測の力に身を委ねることによって、「われら」に属していたのである。／かくて集団は、私には、何ものかへの橋、そこを渡れば戻る由もない一つの橋と思われたのだった。》

ライフワーク『豊饒の海』と自決に至るその「武」の原理としての行動によって、三島由紀夫はこの「そこを渡れば戻る由もない一つの橋」を越えて行った。この二つのものを切り離して考えることはできない。文武両道が互いに矛盾し相反する原理であるからこそ、それは不可能な可能性としてあくまでも実現されなければならない。この宿命的な道行を始めたとき、三島由紀夫はすでに「近代」を超克していたといってもよい。しかし更にいうならば、その超克とは、この国の文学史の最も古く、最も遥かなる世界へと回帰することであった。少年の日に三島がその伏字のなかに感じ取っていた「日本最古の文献」のなかに秘められていた「日本および天皇」の最終的な正体に向かうには、その激烈なる自決はすでに定められたものであったように思われるのである。

＊初出　二〇一二（平成二十四）年

吉本隆明・三島由紀夫　略年譜

年号	吉本隆明	三島由紀夫	事項
大正一三（一九二四）	京橋区月島に生まれる		
大正一四（一九二五）		四谷に生まれる	
昭和　六（一九三一）	佃島小学校入学	学習院初等科入学	満州事変
昭和一一（一九三六）			二・二六事件
昭和一二（一九三七）	東京府立化学工業応用化学科入学	学習院中等科進学	日中戦争起る
昭和一六（一九四一）		「花ざかりの森」を「文芸文化」に発表	太平洋戦争起る
昭和一七（一九四二）	米沢高等工業入学（現山形大学）	学習院高等科進学	
昭和一八（一九四三）	本格的な詩作始める		
昭和一九（一九四四）	詩集『草莽』（私家版）	徴兵検査を受け、第二乙種合格 東京帝国大学法学部入学 『花ざかりの森』	
昭和二〇（一九四五）	東京工業大学電気化学科入学 勤労動員先の魚津で敗戦を迎える	入営通知がきて兵庫県に行くが、 肺浸潤と誤診され即日帰郷	敗戦
昭和二二（一九四七）	東京工業大学を繰上げ卒業	東京大学法学部を卒業し大蔵省に 入省	
昭和二三（一九四八）	絶縁スリーブ、化粧品工場勤務	大蔵省辞職	
昭和二四（一九四九）	『資本論』を読む	『仮面の告白』	
昭和二五（一九五〇）	詩稿集「日時計篇Ⅰ」	『愛の渇き』	朝鮮戦争起る

昭和二六（一九五一）	東洋インキ製造入社、青砥工場配属	『禁色』連載開始 世界旅行に出発	サンフランシスコ講和条約調印
昭和二七（一九五二）	詩集『固有時との対話』（私家版）	「卒塔婆小町」 「真夏の死」	
昭和二八（一九五三）	詩集『転位のための十篇』（私家版） 青砥工場労働組合長	『三島由紀夫作品集』全六巻刊行	
昭和二九（一九五四）	「マチウ書試論」	『潮騒』	
昭和三〇（一九五五）	戦争責任論をめぐる論稿開始	ボディビルを始める	自由民主党結党
昭和三一（一九五六）	東洋インキ製造退職、結婚 『文学者の戦争責任』（武井昭夫と共著）	『金閣寺』『近代能楽集』 「鹿鳴館」初演	神武景気起る
昭和三二（一九五七）	長井・江崎特許事務所就職 『高村光太郎』 「戦後文学は何処へ行ったか」	「美徳のよろめき」連載開始	
昭和三三（一九五八）	『吉本隆明詩集』	結婚	
昭和三四（一九五九）	『芸術的抵抗と挫折』 『抒情の論理』 花田清輝と論争	『鏡子の家』 『裸体と衣裳』	岩戸景気起る
昭和三五（一九六〇）	『異端と正系』 建造物侵入現行犯で逮捕	映画「からっ風野郎」 『宴のあと』	安保反対闘争
昭和三六（一九六一）	「試行」創刊し、「言語にとって美とはなにか」連載開始	「憂国」、嶋中事件 プライバシー裁判	

年号	吉本隆明	三島由紀夫	事項
昭和三七（一九六二）	『擬制の終焉』 「丸山真男論」連載開始 新日本文学会で吉本批判	「美しい星」連載開始	
昭和三八（一九六三）	武井昭夫と「政治と文学」論争 『丸山真男論』	『午後の曳航』『薔薇刑』 「喜びの琴」事件で文学座退座	
昭和三九（一九六四）	『模写と鏡』	『私の遍歴時代』	佐藤栄作内閣発足
昭和四〇（一九六五）	『言語にとって美とはなにか』	「春の雪」連載開始 『三熊野詣』、「サド侯爵夫人」初演	ベトナム北爆開始 いざなぎ景気起る
昭和四一（一九六六）	『自立の思想的拠点』 「共同幻想論」連載開始	映画「憂国」封切 「荒野より」「英霊の声」発表 八月、熊本へ『奔馬』の取材	
昭和四二（一九六七）		自衛隊体験入隊	
昭和四三（一九六八）	『情況への発言』 『共同幻想論』	「文化防衛論」 楯の会結成	テト攻勢（ベトナム戦争） 川端康成、ノーベル文学賞受賞
昭和四四（一九六九）		「わが友ヒットラー」「癩王のテラス」初演	
昭和四五（一九七〇）	『情況』	自決	七〇年安保
昭和四六（一九七一）	『心的現象論序説』	一月、築地本願寺で葬儀	
昭和五〇（一九七五）	『書物の解体学』		
昭和五一（一九七六）	『最後の親鸞』		

昭和五三（一九七八）	『論註と喩』 ミシェル・フーコーと対談		
昭和五四（一九七九）	『悲劇の解読』		
昭和五七（一九八二）	『「反核」異論』		
昭和五八（一九八三）	『相対幻論』（栗本慎一郎と対談）		小林秀雄死去
昭和五九（一九八四）	『マス・イメージ論』 「an・an」グラビアに登場 埴谷雄高と論争		ミシェル・フーコー死去
昭和六一（一九八六）	『吉本隆明全集撰』刊行開始		チェルノブイリ原発事故
平成　元（一九八九）	『ハイ・イメージ論Ⅰ』		昭和天皇崩御
平成　三（一九九一）	テレビ時評『情況としての画像』		湾岸戦争起る、ソ連崩壊
平成　四（一九九二）	『良寛』『甦えるヴェイユ』		
平成　七（一九九五）	講演集『親鸞復興』 『超資本主義』		阪神・淡路大震災 地下鉄サリン事件
平成　八（一九九六）	小川国夫との対談「宗教論争」 八月、西伊豆で遊泳中に溺れる		
平成　九（一九九七）	「試行」終刊		埴谷雄高死去
平成一一（一九九九）	「江藤淳記」「江藤さんの特異な死」	三島由紀夫文学館開設	七月、江藤淳自死
平成一三（二〇〇一）	『吉本隆明全講演ライブ集』		九・一一テロ
平成二三（二〇一一）	「科学に後戻りはない」（日経新聞）		東日本大震災、福島原発事故
平成二四（二〇一二）	肺炎で死去（八十七歳）		

あとがきに代えて

吉本隆明氏とは一九八六年十一月五日に、文芸雑誌『海燕』(八七年一月号掲載)の座談会でご一緒したことがある。「現代文学と世界像」というタイトルで、新進作家として注目されていた島田雅彦、小林恭二の両氏とともに話をする機会に恵まれた。その年の三月に、私は『海燕』に連載していた戦後作家論をまとめた最初の評論集『戦後文学のアルケオロジー』を福武書店から刊行したが、座談会ではふたりの作家の作品とともに、自分の評論集について吉本氏からいくつかの鋭い批評をいただいた。それ以前に何度か講演会などで、吉本氏の風貌と熱心な語りぶりに遠くから接していたが、かねてより尊敬する批評家と直接に語り合う機会が来るとは思わなかった。

今度、改めてその座談会を久しぶりに通読し、驚かざるをえなかった。当時二十七歳の私は、三島由紀夫の自決についての吉本氏の『情況への発言』に言及し、埴谷雄高と吉本氏との対談『意識　革命　宇宙』などにふれ、勝手な自説を滔々と捲し立てているが、吉本氏はこちらの若気の至りの熱弁を静かに受け止めながら語ってくれている。そして、私の戦後作家論(戦後文学の作品を「政治と文学」といったイデオロギーの枠から自由になった地平で読むことを主眼とした)にきわめて本質的な批判を述べられた。それは率直に「不服」という言い方を用いた、次のような発言である。少し長いが、引用してみる。

《それからもっと大それた不服もあるわけです。ついでに言ってみますと、あなたが政治と文学といういわば枠組みの立て方自体において、大なり小なりイデオロギッシュな戦後文学論は駄目だということで提起された問題が、どこかでまたもう一度破られて、蘇るところがあったと思うのですね。たとえばわれわれの生々しい体験で言えば、文学者の反核運動みたいなときに、すでにまた政治と文学の図式、あなたがもうこんなの終わったのだと言っているにもかかわらず、また新たにそれが再生産されました。またイデオロギッシュな文学論が出てくるわけです。つまり原爆文学というものがあって、世界中の原爆文学を集めてそれを大衆に見せるのだという〝政治文学論〟ですね。政治と文学どころじゃなくて、政治文学論がまたそういう形で蘇ってきました。それに対してあなたの戦後文学論はたぶんあのままだったら何も答えられないと思うのです。つまりもう終わった、あれは古いんだと言ったのだけど、古いのがまた出てきたじゃないのということに、また幾らでもこれから出てくるかもしれぬという問題にあなたの論じ方だったら無防備だという気がするのです。

そうすると、また新たに富岡二世が出てきて、またそういう枠組みで文学を捉えるのは無効だ、駄目なんだといって、戦後文学論をまた始めて、そういう第二世、第三世というのがどんどん出てこなくちゃならない。止めを刺していない。止めを刺しそうになると、あなたのは意識せざる擁護論になってしまっていると思うのですね。そこが僕は不服なんで、そういうところは僕は徹底的にやっているつもりなんです。なぜそういうのが何度も蘇るかという根柢の問題を僕は言っているつもりです。》

吉本氏は一九八一年から始まった世界的な核兵器への反対運動にたいして、その政治性（氏の言葉でいえばソフト・スターリニズム）を徹底的に批判した。八二年の四月に日本でも反核運動が過熱し、吉本氏によると自分が「敬意を表す文学者」までが「反核」声明文に署名したことを、思想の頽廃であり、デマゴギーに彩られていると苛烈な批判を展開した。これは同年十二月に刊行された『「反核」異論』にまとめられた。その後も吉本氏が反核・反原発にかかわる文学者の運動を批判し続けたのは、昨年の福島第一原発事故に端を発した、戦後何度目かの反核運動への、歯に衣を着せぬ批判にもあきらかである。本書に収めた「最後の吉本隆明」という文章でそのことにふれたが、吉本氏がかつて私自身に語った「政治文学論」が常に蘇ってくるという問題が、今日もまた大きな現実となっていることを痛感せずにはいられない。私はそれを「思想が一瞬にして『宗教的なもの』と化し、それが『時代の空気』と化す」と書いたが、吉本隆明が遺した「政治文学論」の問題は、今日こそ生なかたちで、現前し、瀰漫しているのである。

それはまた、三島由紀夫が遺した問題が、没後四十二年の歳月を経ても、なおわれわれに委ねられているのと同じである。三島は自衛隊で、戦後憲法の改正と自衛隊が建軍の本義を取り戻し国軍となることを訴えたが、その死を賭しての主張は、改憲といった現実的な政治プログラムではなく、むしろ「戦後的なるもの」すなわち「自由と民主主義」という一見すると常識的な、しかしその実はきわめて政治イデオロギー的な、戦後の言論空間そのものへの苛烈な批判であったからだ。

祖国の敗戦を二十歳で迎えた、ふたりの優れた文学者が問い続けた事柄は、今日の思想と文学の最も根幹的な課題であり続けている。本書はその課題に答えるための自分なりの第一歩である。『海燕』の座談会のときの、吉本さんの真摯な表情とその実直で力のこもった声を今もありありと懐かしく思い出す。ここに収めた論稿が、少しでもあのときの吉本隆明氏への返答になっていることを願うばかりである。

巻頭の「最後の思想　三島由紀夫と吉本隆明」は書き下ろし原稿である。「思想の果てにあらわれるもの」は『現代詩手帖』（一九八七年一月臨時増刊号）に発表したものであり、「最後の吉本隆明」は『現代詩手帖』（二〇一二年五月号追悼総頁特集吉本隆明）に寄稿した原稿である。前者は吉本氏との座談会の直後に執筆し、当時の同誌編集長であった樋口良澄氏とのやりとりのなかで書き上げた。また、「『絶対』の探究としての言葉と自刃」は梅光学院大学公開講座論集『三島由紀夫を読む』（二〇一一年三月刊）に寄稿したものである。編纂者の梅光学院大学特任教授の佐藤泰正氏に感謝したい。「『豊饒の海』の謎」は『国文学　解釈と鑑賞』（二〇一一年四月号）に寄稿した。編纂者の白百合女子大学教授の井上隆史氏と担当編集者の小林桂子氏に感謝したい。「『英霊の声』と一九八〇年以降の文学」は『三島由紀夫研究⑧』（二〇〇九年八月刊）に寄稿した。「神さすらひたまふ」と「三島由紀夫と吉田満」は一九九五年十一月に刊行した『仮面の神学――三島由紀夫論』（構想社）に収録した論稿であるが、「神さすらひたまふ」は今回改稿した。「三島由紀夫と日本文学史」は大阪教育大学近代文学研究会発行の『文月』第七号に寄稿した。同号は、同大学教授の池川敬司氏の退職記念号である。池川先生には高等学校の時代にお世話になった。改めて感謝申し上げる。

本年十月二十七日に山中湖の三島由紀夫文学館で、本書のタイトル「最後の思想　三島由紀夫と吉本隆明」と題して講演を行った。同館の館長である松本徹氏、近畿大学教授の佐藤秀明氏、井上隆史氏にお世話になった。紅葉の美しい山中湖畔の三島由紀夫文学館で多くの聴衆を前に、本書の一部の内容をしゃべることができたのは光栄であった。また同文学館の展示で、吉本隆明が戦時中、米沢高等工業時代に三島の『花ざかりの森』を読み、同世代人のその文学的才能に感銘を受けたことを知った。このふたりの文学者の原点は、やはりあの戦争期にあったことを改めて思った。なお、所収の年表は講演会の資料として井上隆史氏が作成されたものを基にして作った。記して感謝したい。

最後になったが、『文芸評論集』（二〇〇五年七月刊）に引き続き、本書を刊行していただいたアーツアンドクラフツの小島雄社長と編集部の皆さんに心より御礼申し上げます。文芸出版が困難な時期に、このような評論集を刊行できたことは幸甚というほかはない。「思想」という言葉を、特に若い世代の方々に味わい直してもらう契機になればと思う。

二〇一二年十月三十一日

富岡幸一郎

富岡　幸一郎（とみおか・こうういちろう）
1957年、東京生まれ。中央大学文学部仏文科卒。在学中の79年、「意識の暗室——埴谷雄高と三島由紀夫」で「群像」新人文学賞評論優秀作を受賞。文芸評論家。関東学院大学教授。鎌倉文学館館長。
主な著書に『戦後文学のアルケオロジー』『内村鑑三』『批評の現在』『仮面の神学——三島由紀夫論』『言葉　言葉　言葉』『作家との一時間』『使徒的人間——カール・バルト』『非戦論』『千年残る日本語へ』など多数。オピニオン誌『表現者』編集長。

最後《さいご》の思想《しそう》
三島由紀夫《みしまゆきお》と吉本隆明《よしもとたかあき》
2012年11月30日　第1版第1刷発行

著者◆富岡《とみおか》　幸一郎《こういちろう》
発行人◆小島　雄
発行所◆有限会社アーツアンドクラフツ
東京都千代田区神田神保町2-2-12
〒101-0051
TEL. 03-6272-5207　FAX. 03-6272-5208
http://www.webarts.co.jp/
印刷　三省堂印刷株式会社

落丁・乱丁本はお取り替えいたします。
ISBN978-4-901592-81-9　C0095